INÉLUCTABLE

DU MÊME AUTEUR

Comme un poisson dans l'herbe, XO Éditions, 2013.
Les joyeux guérissent toujours, Oh ! Éditions 2012, Pocket, 2013.
Dehors il fait beau… hélas !, Oh ! Éditions 2011, Pocket, 2012.
Nos plus belles années, Michel Lafon, 2010.
Une révolte, pas une révolution, Florent Massot, 2010.
Tu m'appelles en arrivant ?, Florent Massot, 2009, Pocket, 2010.
Vitriol Menthe, Oh ! Éditions 2005, Pocket, 2006.
Destins croisés, Mango-sport, 2004.
Carnet de note, Le Cherche Midi, 2001.
Isatis, Denoël, 1997.
Au bonheur des âmes, Stock, 1994, Le Livre de Poche, 1995.
Le Masque et les plumes, Carrère-Lafon, 1986.

Sous le nom de Joseph Lubsky

La Cellule de Zarkane, Florent Massot, 2007, Le Livre de Poche, 2009.

Patrick Sébastien

Inéluctable

roman

XO EDITIONS

ISBN : 978-2-84563-679-8

PRÉMÉDITATION

Dieu existe-t-elle ?

D'après les textes officiels, Dieu le vrai, l'Éternel certifié, marque déposée, convoqua les fils d'Adam et Ève : Abel le berger et Caïn le cultivateur. Chacun apporta son offrande. Du bétail pour l'un, des produits du sol pour l'autre. La préférence de Dieu pour les animaux renvoya Caïn à sa terre, ses légumes sous le bras. Vulgarisé mais authentique. En tout cas, accrédité par les Livres saints.

Et Caïn, fou de rage, tua son frère, et devint ainsi le premier meurtrier de l'histoire de l'humanité.

En aurait-il été de même si le Tout-Puissant avait été une Toute-Puissante ? Une mère n'aurait-elle pas accepté les offrandes de ses deux enfants sans préférence ? La réponse n'existe que dans l'imaginaire des idéalistes. La réalité, hélas, nous oblige à ne considérer que la triste évidence : la transmission sans fin du gène assassin qui prit forme ce jour-là.

Caïn eut une progéniture de nomades dont la marque de caractère la plus affirmée était le goût de la violence. Et de descendance en descendance, le monde devint un vaste champ de bataille, où l'homme n'eut de cesse que de vouloir faire la peau à son prochain sous des prétextes plus ou moins justifiables. Tous les hommes ? Non, bien sûr. Mais une imposante minorité tout de même.

Des militaires dont c'est le métier aux serial killers dont c'est le loisir, tuer son semblable est une activité dont l'humanité s'est accommodée sans véritable indignation. On appelle ça l'ordre des choses. Alors, pensez donc ! Dans l'océan des fusillades, attentats terroristes et massacres d'ethnies en tout genre, les misérables pulsions criminelles de Jo Simon, le routier de Limoges, sont d'infimes gouttelettes.

Des détails.

Des broutilles.

Arrêtons-nous quand même au bord d'un lac, une nuit d'été 2012. Et observons l'« homme cintre ». Il rit, parle, boit. Aucun présage, aucun pressentiment. Le repas de mariage est joyeux, coloré. La guinguette aux lampions scintille. Plus loin, la brise tiède caresse la surface de l'eau. Le clapotis lèche les montants du ponton. Tout est calme. Ponton numéro deux. Ce sera là. La scène de crime.

Le deuxième meurtre.

CHAPITRE 1

Jo

La mariée n'était pas la plus belle de la soirée. Mais ce sont des choses qui ne se disent pas. C'est pour cela que Jo fut un peu gêné quand Jérôme lui lança, en le poussant du coude, comme un gosse fier de son cadeau de Noël :

— Elle est belle, ma femme !

— Oui, mentit-il. Tu ne pouvais pas mieux choisir.

Et, presque en écho, pour lui-même, il se dit :

— Je ne pouvais pas mieux choisir.

Il ne quittait pas Rosa des yeux. Sa Rosa. Superbe dans son pantalon blanc moulant et son corsage bleu échancré. La crinière blonde sauvage tranchait avec les coiffures trop apprêtées de quasiment toutes les femmes de la fête. Elle tournoyait sur la piste dans les bras d'Édouard au tempo d'une valse lente d'un autre temps. Elle, aérienne, légère, avec l'insolente souplesse des gamines de vingt-cinq ans. Lui, imposant, raide, mais appliqué. Fier surtout, le torse haut. Plus que la grande différence d'âge, c'était l'intensité du regard qui les séparait. Une sorte d'animalité contraire qui se dégageait de ces deux corps pourtant collés au plus près. Le vieux lion sûr de sa force et la gazelle inconsciente. Jo, un peu agacé, glissa à l'oreille de Jérôme :

— Heureusement que c'est le patron. Elle déteste l'accordéon.

— Et moi, je déteste les mariages ! répliqua Jérôme. Heureusement que c'est le mien.

Tout avait été parfait. Enfin, comme cela peut l'être dans un monde imparfait. D'abord, l'après-midi, une cérémonie conviviale, quoiqu'un peu longue. Un prêtre très laid, mais un sermon d'une beauté rare. Les invités de la noce étaient joyeux, sincères et réellement heureux d'être là. Jérôme et Jeanette, les mariés, irradiaient de bonheur absolu.

Évidemment, le clinquant des gens de semaine en habit du dimanche avait colorié la photo sur les marches de l'église d'un esthétisme douteux : des robes orange, des costumes bleu pétrole, des boucles d'oreilles en toc pesant, des coiffures trop laquées, et des rouges à lèvres mordant sur les incisives. La province, quoi ! Plus les gosses braillards ne tenant plus en place à la sixième prise du photographe local qui se prenait pour Doisneau.

Et puis, le cortège avait quitté l'église de Saint-Germain-les-Orbes et pris la route du lac du Verdoux, avertisseurs bloqués. Et bien entendu, le cousin farceur de service n'avait pas pu résister. Calvitie au vent, la tête à la portière, il hurlait à chaque traversée de village :

— Quand il sera cocu, il klaxonnera moins fort !

Même la météo avait accordé sa grâce.

C'était un beau 30 juin chaud après une semaine sans un nuage. Presque un miracle pour ce Limousin si souvent humide. Et, à présent, la nuit étoilée en ciel de voûte sur la guinguette illuminée faisait un écrin idyllique aux mariés du jour. En attendant peut-être l'orage.

Un très beau mariage, donc.

Il était un peu plus de minuit, et le repas interminable n'en était qu'au troisième plat. Et il en restait quatre, dont trois en sauce. Comme s'il existait une malédiction de l'habit de cérémonie. Pourquoi faut-il que nous l'étrennions le jour où on a le plus de chances de le souiller ? Les boissons, bien entendu, avaient pris beaucoup plus d'avance. Le père de la mariée, en costume anthracite sur une chemise de soie noire mouchetée de la sauce des entrées, commençait à tituber. Lui aussi faisait tournoyer sa fille sur la valse obligatoire. Il fallait bien faire plaisir aux anciens. Le funk reprendrait ses droits en fin de soirée quand les « ancêtres » commenceraient à fatiguer.

Les rires aux éclats de Rosa, qui continuait à tourner, brindille dans les bras de l'immense Édouard, ne rendaient même pas Jo jaloux. Et Dieu sait si d'habitude, il l'était. Mais là, il souriait. Tranquille. Apaisé. Elle aurait dansé avec un autre « rouillé », il aurait certainement serré les dents. Mais le « vieux », à presque soixante ans, ne pouvait pas lui faire grand mal.

Ils étaient venus tous les trois : le père et les deux fils, Hugo et Gérard. L'événement était suffisamment exceptionnel pour que leur arrivée déclenche une salve d'applaudissements. Jérôme, à la fois surpris et fier, avait lancé à Jo :

— Putain, v'là les « rouillés » ! Alors ça, j'y crois pas !

Édouard Lavoie et ses fils avaient hérité de ce surnom à cause de la couleur de leurs cheveux. De vrais roux. Les plus célèbres de la région. Une réussite fulgurante. En quelques années, l'entreprise de transports frigorifiques était passée de trois camions à trois cents. Dès qu'ils avaient été en âge de s'impliquer, les fils à papa avaient démontré qu'ils étaient bien plus que ça. Aujourd'hui, à vingt-cinq et vingt-six ans, ils avaient déjà une renommée nationale de savoir-faire. Le sens des affaires, la persévérance, ils avaient hérité de tout, en attendant d'hériter du reste. Il leur manquait juste la bonhomie.

Le « vieux » serinait à qui voulait l'entendre que « l'humain était le cric des résultats ». Une formule médiocre qu'il avait inventée et dont il était si fier qu'il l'avait inscrite en lettres rouges au-dessus de son bureau. C'était maladroit, mais sincère. Édouard était un patron « à l'ancienne », proche de ses employés, sévère mais toujours équitable. Les fils donnaient plus dans l'impitoyable. Un signe des temps plus que de génération. Mais bon, entre l'idéalisme de l'un et le réalisme des autres, l'entreprise était plus que prospère. Même si la bienveillance de tradition commençait à avoir du plomb dans l'aile.

Le « vieux », avec l'âge, avait pris un peu de recul et, sans qu'il s'en aperçoive vraiment, ses fils avaient durci les conditions de travail. Les chauffeurs étaient français, turcs, maghrébins, espagnols, belges. Un camaïeu de travailleurs courageux et policés par une discipline intraitable. Les primes de bonne conduite se divisaient par deux au premier accrochage et au deuxième, c'était la porte. C'était « le petit plus en moins », comme disaient les chauffeurs des boîtes concurrentes qui, eux, n'étaient licenciés qu'au troisième accrochage. Édouard avait tenté mollement de pousser ses fils à s'aligner, mais c'étaient eux qui l'avaient convaincu de plus de sévérité, pour cause de crise, évidemment.

— Elle a bon dos la crise, avait protesté gentiment Édouard.

— Oui, mais elle est bien là, papa, avait expliqué Hugo. Et les choses évoluent. Mais rassure-toi, on ne trahira pas l'esprit de famille. Tu nous l'as assez dit : le bonheur des autres, c'est notre bonheur à nous.

Et, évidemment, dès que le « vieux » avait passé la porte, rassuré, Gérard, avec son cynisme habituel, avait lancé :

— Et le boulot des autres, c'est notre pognon à nous. L'avenir appartient à ceux qui ont des ouvriers qui se lèvent tôt !

Les relations avec le personnel étaient donc respectueuses mais professionnelles avant tout. Sans effusions ni copinage. C'est pour cela que Jérôme avait été stupéfait de voir débouler au milieu de son repas de mariage la direction au grand complet. Talonné par ses fils, Édouard avait fendu la foule sous les regards interdits, puis avait serré le marié dans ses bras avant de faire délicatement un baise-main à sa toute fraîche épouse.

— Ça alors, si je m'attendais ! avait balbutié Jérôme.

— En ce jour de bonheur, je ne pouvais pas ne pas faire une petite visite amicale à mon meilleur chauffeur, avait lancé Édouard suffisamment fort pour que les autres chauffeurs présents entendent.

Et il avait ajouté, paternaliste en diable :

— Tu connais la règle de l'entreprise : « Votre bonheur, c'est le nôtre. »

Il y eut les acclamations escomptées. Hugo et Gérard applaudirent mollement, le sourire en coin.

— Vous restez un peu ? demanda Jérôme.

— Pas jusqu'au petit déjeuner, mais je me laisserai tenter par le dessert.

Et les murmures colportèrent de table en table la simplicité, la générosité, etc. Enfin tout ce qui se termine en « ité » et qui fait la grandeur d'un chef d'entreprise en osmose plus ou moins mentie avec ses employés.

Jo avait contemplé tout ça sans la moindre réaction. D'abord parce que c'était sa nature. Son visage creux aux pommettes saillantes et aux yeux bleu nuit enfoncés traduisait rarement une quelconque émotion. Et puis, cette complaisance de circonstance le laissait de marbre. Oh, il ne doutait pas de la grandeur d'âme d'Édouard, mais il avait de grosses réserves, avec raison, sur la sincérité de sa progéniture. Ou était-ce simplement de la jalousie ? Peut-être en mémoire du jour où, en arrivant sans prévenir dans les bureaux, il avait trouvé Hugo murmurant à l'oreille de Rosa, en l'enlaçant par la taille. Ça avait donné lieu à une scène le soir même.

— Ça fait partie du métier d'aide-comptable de se faire peloter par le patron ?

— C'est n'importe quoi, avait répliqué Rosa, virulente. Je suis pas une pute, Jo ! Et si tu crois ça, on n'a rien à faire ensemble. Déjà que c'est pas simple.

C'est vrai que ce n'était pas simple. Leur relation durait depuis trois mois, quinze jours après qu'elle avait été embauchée. Et Rosa tenait à ce qu'elle reste totalement secrète.

— Pourquoi ? avait demandé Jo.

— Pour ne pas me faire virer. Dans une entreprise de transports, un chauffeur qui se tape une aide-comptable, c'est limite. Je connais les secrets des petits salaires et des gros bénéfices. Ça risquerait de pas plaire au boss que tu les connaisses aussi.

— C'est peut-être pas une raison.

— Mais ils peuvent en inventer une autre alors que la vraie sera celle-là. Et je ne veux pas prendre le risque. Contrairement à ce que tu peux croire, j'en ai pas les moyens.

Elle habitait seule dans une très belle maison isolée en pleine campagne. Un héritage de famille très confortable, mais qui ne la dispensait pas de gagner sa vie comme tout le monde. Elle avait interdit à Jo de venir chez elle. Ils se voyaient la plupart du temps dans le petit pavillon qu'il habitait en banlieue de Limoges, à quelques kilomètres du dépôt des transports Lavoie, dans la zone industrielle nord.

Dès le début, leurs étreintes avaient été passionnelles. Le grand corps musculeux et dégingandé de Jo assouvissait les envies sexuelles de Rosa d'une façon unique. À trente-deux ans, il était en pleine force de l'âge. Et contrairement à son apparence rugueuse, c'était un doux. Un précautionneux qui savait utiliser sa force juste quand il devinait qu'elle en avait besoin. Une sauvagerie magnifiquement contrôlée, disait-elle. Et puis il y avait le mariage de leurs peaux, de leurs sucs. Une fusion animale. L'alchimie parfaite. Il pouvait lui donner jusqu'à six orgasmes dans la nuit. Enfin pas la nuit entière. Elle s'enfuyait toujours assez vite, parfois encore en sueur. Alors, pour qu'elle ne le quitte pas tout à fait, il s'enroulait chaque fois dans la couette imbibée de ses fragrances miel et poivre.

— J'aimerais tant « te dormir » au moins une fois, avait-il dit un soir d'audace.

— Comme c'est mignon, avait-elle répondu, sincèrement émue.

Elle l'avait embrassé sur le front, comme un enfant qu'il était presque, et lui avait murmuré à l'oreille :

— Bientôt... Je ne suis pas encore prête.

Alors il faisait avec. Des demi-nuits. Des siestes. Des banquettes arrière de voitures dans des chemins éloignés. Elle avait posé la discrétion absolue comme condition *sine qua non* à leur relation. Il avait même cherché « *sine qua non* » dans le Larousse, pour être certain de la signification de la mise en garde. C'était ça ou l'arrêt total. Et en aucun cas il ne voulait la perdre. Il l'aimait, voilà tout. Peut-être l'aimait-elle aussi. C'était possible. Mais elle ne le lui avait jamais dit. Il se contentait des étreintes, du secret total et du doute. Comme il se le disait souvent, elle partageait sa vie. Au vrai sens du terme. Elle la partageait en deux. Une moitié avec elle, une moitié sans. Et en ce soir de fête, la distance obligatoire le rendait à la fois triste et fier. Il avait envie de se lever et de hurler à tous : « Elle est à moi »... Et puis non, bien sûr.

Ce fut vers minuit trente, d'un coup.

Sans prémices.

Juste au moment où il cherchait Rosa du regard sans la trouver.

Une sensation indéfinissable explosa en lui. Comme un coup de chaleur. Violent. Déchirant. Aurait-ce été un son, il aurait dit strident. Son regard se voila d'une sorte de brouillard rougeâtre diffus. Il sentit une force inconnue tétaniser les muscles de sa main droite. Comme une crampe intense, mais sans douleur, qui remonta lentement le long de son avant-bras pour s'arrêter au coude.

Il pensa immédiatement, comme la première fois, à la « poigne », comme il l'appelait, qui enserrait son ventre depuis si longtemps. C'était cette « poigne » qui lui donnait cette drôle d'allure bancale depuis une nuit où une douleur atroce lui avait déchiré le ventre pendant une heure. Il lui en était resté une gêne constante. Pas une douleur. Juste une pression bizarre qui lui faisait courber le dos en permanence depuis plus de vingt ans. Aucun docteur, aucun examen n'avait pu trouver une explication. Alors, là aussi, il faisait avec.

Y avait-il un lien de cause à effet entre la « poigne » et la tétanie soudaine de son avant-bras ? Là non plus, il n'avait pas la réponse. Toujours est-il que la contraction lui fit tendre les doigts comme s'il cherchait à allonger sa main… Et puis la voix arriva dans sa tête. Comme un murmure de petite fille. Lointain mais précis et autoritaire. Avec un ton d'adulte… Comme la première fois.

« Il faut se venger… Il faut se venger. »

Il baissa les yeux vers sa main et d'autres mots l'envahirent :

« C'est ton arme… Ton arme. »

Le plus étrange était que, cette fois encore, il n'était absolument pas déconnecté de la réalité. Comme si sa conscience s'était brusquement scindée en deux parts bien distinctes. Il se surprit même à sourire aux gesticulations des filles de l'assemblée qui s'agitaient sur les sirènes du port d'Alexandrie. Des Clodettes d'occasion que les hommes acclamaient. D'un côté la musique assourdissante et de l'autre la voix absolument audible :

« Il faut se venger… Ton arme… »

Le cauchemar recommençait donc. Comme une semaine plus tôt. En pleine nuit. Pareil. Et cette irréversible envie de tuer dont il savait maintenant qu'elle ne passerait qu'en l'assouvissant. Avec bien entendu l'indispensable précaution que la voix n'allait certainement pas tarder à lui rappeler :

« Ne pas se faire prendre… Ne pas se faire prendre. »

Voilà, c'était fait… Et le murmure devint continu. Toujours lointain, mais toujours aussi clair.

« Il faut se venger… Ton arme… Ne pas se faire prendre… Venger… Arme… Arme… Pas se faire prendre… Se venger. »

L'autre part de sa conscience lui commanda de finir son café, d'éteindre sa cigarette et de se lever. Jérôme interrompit la conversation avec son voisin sur les chevaux et le tiercé du lendemain pour demander :

— Tu t'en vas déjà ?

— Je me sens pas très bien. J'ai dû boire un peu trop. Tu sais, j'ai pas bien l'habitude. Je vais marcher un peu, ça va passer.

Son regard balaya l'assistance.

« Ne pas se faire prendre... »

Malgré la pulsion qui l'envahissait de plus en plus, il savait qu'il fallait s'éloigner. La première fois, la victime était seule, par bonheur. Là, il faudrait forcément chercher ailleurs. Trop de monde. Aucune échappatoire. Et puis la voix, pour l'instant, ne lui avait pas désigné la victime. La première fois, elle avait immédiatement commandé :

« Celui-là ! »

Là, il avait beau scruter le kaléidoscope bariolé des acteurs de la fête en s'arrêtant sur chacun, la voix en restait à :

« Se venger... Ton arme... Ne pas se faire prendre... »

Alors, que faire ?

Rejoindre la voiture au plus vite et rouler au hasard ?

Peut-être croiserait-il quelqu'un.

Un autre auto-stoppeur ?

Il déplia son mètre quatre-vingt-dix. Sa main lui semblait de pierre, encore comme la première fois. Cette fois-là, il était resté assis dans son camion, mais là, debout, elle semblait tirer son buste vers l'avant. De quoi justifier un peu plus son surnom : le « cintre », que ses copains lui donnaient affectueusement, pour cette façon qu'il avait de marcher, plié, comme s'il allait tomber. Il s'en amusait lui-même en leur rétorquant qu'il valait mieux être « cintré » de corps que d'esprit comme la plupart d'entre eux. Mais là il se demandait si justement l'esprit ne rejoignait pas le corps. Car enfin, c'était bien un genre de folie, ce désir irrépressible de tuer. Le pire étant qu'il était absolument conscient de tout et que sa volonté ne pouvait rien y changer.

Depuis le premier crime, il s'était renseigné sur ces tueurs qui associent leur folie meurtrière à un décrochage passager total. Tous serinaient la même excuse : « Je n'étais plus moi. » Là, ce n'était pas un autre. C'était bien lui. Jo le gentil, Jo le serviable, Jo l'employé irréprochable. Et maintenant Jo le tueur, sans que rien puisse enrayer cette abominable fureur interne.

Il enfila son blouson gris et quitta discrètement la terrasse au moment où les Clodettes devenaient Spice Girls. Les voitures étaient stationnées à environ deux cents mètres sur un parking en dur. Par précaution. En cas d'orage, si les invités s'étaient garés au plus près, il y aurait eu trop de risques de s'embourber. Et justement le tonnerre commençait à gronder. Les étoiles avaient disparu, et les premiers éclairs zébraient le ciel au loin. Il contourna le restaurant et commença à suivre la rive du lac. Au bout d'une trentaine de mètres, il distingua une silhouette. En s'approchant, il identifia un des serveurs, qui ramassait des parasols. Arrivé à sa hauteur, sans s'arrêter, il lança, avenant :

– Ça sent l'orage.

– Oui, m'sieur, répondit le serveur. C'est pour ça que je me dépêche de mettre tout ça à l'abri.

Et, en tournant la tête, il le vit s'éloigner, un parasol sous chaque bras, vers un chalet de bois un peu plus haut. Il s'arrêta pour le suivre des yeux. C'est au moment où il ouvrait la porte de la petite maison de bois que la voix lui ordonna :

« Celui-là ! »

Sa main droite se contracta un peu plus. Elle semblait ne plus lui appartenir. Comme ces robots *transformers* à qui il pousse soudain un substitut de membre en acier. Il savait déjà comment il se servirait de cette arme redoutable… Comme la première fois. Un coup violent sur la nuque. Plusieurs au besoin. Et après, s'il le fallait, il resterait la fracture des cervicales en tordant la tête d'un coup net, et éventuellement l'étranglement en cas de résistance hors du commun. En tous cas, il pourrait se servir de sa force redoutable.

Comme la première fois.

Il revint sur ses pas et lentement se dirigea vers le chalet. Sans que son cœur aie une pulsation de plus, l'intensité de son envie de tuer le submergeait. Le voile était de plus en plus rouge devant ses yeux.

Dans la voix, de plus en plus présente, les mots se chevauchaient :

« Celui-là... Venger... Venger... Ton arme... Ne pas se faire prendre... Se faire prendre. »

C'était bien cela le problème. Ses pas l'entraînaient malgré lui, mais son instinct de sauvegarde le freinait. Car enfin, c'était perdu d'avance. On l'avait vu quitter la fête quelques secondes plus tôt. Et quand on découvrirait le serveur mort, il serait le premier suspect. Deux pulsions contraires se battaient en lui. C'était insupportable. Un éclair déchira le ciel. Il était à deux mètres de la porte quand, soudain, une main se posa sur son épaule.

— Tu pars déjà ? demanda Rosa dans son dos.

Il se retourna, le front en sueur. Il la fixa sans un mot.

— Oh là, ça n'a pas l'air d'aller, dit-elle en fronçant les sourcils.

Il balbutia :

— Oui, je crois que j'ai bu un peu trop. Je préfère rentrer.

— Mais tu allais où là ?

— Euh... demander... demander... du feu au serveur qui range les parasols...

Et il attrapa son paquet de cigarettes en tremblant. Elle sortit son briquet et en alluma la flamme. La lueur éclaira son regard aux pupilles dilatées.

— T'as vraiment l'air pas bien, tu veux que je t'accompagne jusqu'à ta voiture ?

— Non, ça pourrait faire parler, là-bas. Ça va aller, t'en fais pas.

— OK.

Il redescendit en titubant la légère pente jusqu'à la rive. Puis il se pencha et s'aspergea de l'eau du lac. En se redressant, il força son sourire et dit :

— Ça va me faire du bien… allez, j'y vais.

Il s'était éloigné d'elle de quelques mètres quand elle lui lança :

— Je te rejoins chez toi après ?

Il répondit sans se retourner :

— Je préfère pas. J'ai pas la tête à ça… On s'appelle plus tard.

Elle le regarda se fondre dans l'obscurité et repartit vers la terrasse et les lampions. Il se sentait de plus en plus mal, de plus en plus déchiré à l'intérieur. La voix continuait sa boucle obsédante. Il pressa le pas pour arriver au plus vite à sa voiture. C'est en doublant le deuxième ponton qu'il entendit siffloter. L'avancée de bois empiétait d'une dizaine de mètres sur le lac. Il tourna la tête. Au bout, il distingua une ombre.

— Celui-là !

Cette fois, c'est lui qui se l'était dit juste avant que la voix ne le lui ordonne. L'homme se tenait, jambes écartées, à l'extrémité du ponton. Quand les pas de Jo firent craquer les lattes de bois, il se retourna. C'était le père de la mariée. Il lança, d'une voix pâteuse, dans un grand éclat de rire :

— C'est pas le plus bel endroit du monde pour pisser ?

Effectivement, il urinait. Sans tenir son sexe. Les bras écartés comme un christ, il sifflotait l'air de la valse lente d'un autre temps. Il est rare que la musique et la mort aillent bien ensemble. Là, « le beau Danube bleu » pouvait paraître prémonitoire. Sans le Danube et sans le bleu, évidemment. Juste pour la profondeur de l'eau. Jo avait déjà anticipé le scénario de la suite. Il ne pouvait pas se faire prendre.

Atemi.

C'est comme cela qu'on appelle ce coup du tranchant de la main en karaté. Il en avait fait un peu dans sa jeunesse. Mais, en l'occurrence, même s'il n'en avait pas fait, cela n'aurait rien empêché. Le coup sur les cervicales fut d'une violence inouïe. Le bruit de la fracture, terrible. Suivi de celui de la lourde chute dans l'eau.

« Ne pas se faire prendre. »

Jo plongea immédiatement. Il empoigna la tête de l'homme pour la maintenir sous l'eau. Cela ne dura que quelques secondes. Et d'un coup, le froid l'envahit. Le voile rouge disparut, la voix se tut, et la main se détendit. C'était fait… Il gonfla ses poumons et se mit à hurler :

— Au secours, au secours, venez vite !

Dans la lueur de l'éclair qui suivit, il vit au loin des gens se précipiter. Il aurait pu ramener le corps sur la terre ferme, mais il attendit encore. Ce ne fut que quand il aperçut Jérôme à quelques mètres qu'il nagea vers le bord, le corps du beau-père sous le bras. Quand il arriva sur la rive, presque tout le monde était là. Les fils « rouillés » l'aidèrent à tirer le noyé hors de l'eau. Pendant que Jeanette hurlait en se jetant sur le corps de son père, Jérôme demanda :

— Qu'est-ce qui s'est passé ?

— Je sais pas, répondit Jo, tremblant, en hachant ses explications. Je passais devant… il était au bout là-bas. Il s'est retourné et il m'a salué et… d'un coup, il a glissé. J'ai entendu un grand choc d'abord… je crois que… sa tête a heurté le ponton… Alors, j'ai couru et j'ai plongé. J'ai cherché un peu sous l'eau, mais… quand je l'ai récupéré… c'était trop tard.

Jérôme le prit dans ses bras et murmura :

— Merci.

Est-ce ce merci si inattendu qui incita Jo à poser la cerise sur le gâteau ? Toujours est-il qu'il se recroquevilla en balbutiant :

— C'est vrai qu'il était très soûl, mais c'est en se retournant vers moi qu'il a perdu l'équilibre. C'est ma faute.

Ils se mirent à plusieurs pour le soutenir et le réconforter. La mariée elle-même le prit dans ses bras. Il avait envie de vomir. Il venait de signer son deuxième crime parfait. Et il ne comprenait toujours pas pourquoi il avait fait cette chose abominable. Son visage était livide. Il croisa le regard de Rosa. Il avait une envie folle de se jeter dans ses bras pour pleurer sur son épaule. C'est sur sa joue à elle qu'une larme roula. Il lui sembla lire sur ses lèvres un « je t'aime » muet. Le premier de leur histoire. La « poigne » l'enserra un peu plus, et il se plia en avant.

Comment pourrait-elle aimer longtemps un homme comme lui ?

Finalement, c'était un sale mariage.

Les premières gouttes commencèrent à tomber.

Tiens, comme après le premier crime.

CHAPITRE 2

Eusebio

Jo était allongé, nu, sur son lit. Aucun souffle ne passait par la fenêtre pourtant largement ouverte. L'orage n'avait même pas rafraîchi l'air. À trois heures du matin, il faisait encore lourd. Il approcha la main droite de son visage et la tourna lentement. Il contemplait l'« arme du crime ». Ou du meurtre. Crime ou meurtre ? Étrangement, c'était la seule question qu'il se posait à ce moment-là, un peu plus de deux heures après que l'inexplicable pulsion lui eut fait tuer le beau-père de son meilleur ami sans aucun mobile.

Il regarda sa montre. Quatre heures. Il fronça les sourcils et jeta un regard à l'horloge de la télé. Trois heures. Il pesta contre le bijoutier à qui il l'avait donnée à réparer trois semaines plus tôt. Depuis cinq jours, elle retardait déjà d'une demi-heure. Il avait de quoi fulminer. C'était son seul objet de luxe, et il y tenait énormément. Un cadeau.

Il se leva lentement et alla se planter devant le miroir. Il détailla longuement l'image que son reflet lui renvoyait. Puis il se mit de profil et revint de face, comme s'il posait pour une photo anthropométrique.

Pas de doute, il avait bien le visage de l'emploi. Le cheveu dru, la barbe naissante charbon et rêche, le regard perçant. Bien sûr, vu comme ça, l'air méchant, il était parfait dans le rôle. Mais il décida de se sourire. Et ça changea du tout au tout. Un autre lui. Le vrai. Avec un charme étonnant pour un visage aussi dur. Il dégageait une infinie bienveillance. Comme si l'enfant qu'il n'avait cessé d'être lui fabriquait un masque d'innocence. Ça la rassura, et il se dit que dans les jours prochains, il se forcerait à sourire plus souvent.

Puis il tourna le dos au miroir et se dirigea vers la table en plastique blanc qui lui tenait lieu de bureau. Il sortit un dictionnaire du désordre de feuilles, factures, livres et magazines en tout genre. Alors, crime ou meurtre ? La définition du crime renvoyait au meurtre et celle du meurtre au crime. C'était donc la même chose. Il décida de se proclamer meurtrier. Il trouvait ça plus individuel. On ne parlait jamais de meurtre contre l'humanité, toujours de crime. Et lui n'en avait tué qu'un à la fois. Quant à « assassinat », la définition supposait la préméditation et, en l'occurrence, sa pulsion n'était pas calculée. Meurtre, donc.

« Meursaut. »

Tiens, juste le voisin du dessus. Tu parles d'un hasard !

Depuis tout petit, il était fasciné par le dictionnaire. Il tentait d'y compenser son manque de goût pour l'école qu'il avait quittée très tôt. Il s'imposait chaque jour de découvrir au moins deux mots nouveaux. Surtout pour plaire aux filles dont il avait remarqué très vite qu'elles aimaient beaucoup ceux qui « parlaient beau ». Question physique, il savait qu'il tenait la route. Donc, il collectionnait les définitions comme d'autres les papillons. C'est la sagesse de tout homme de cultiver ce qui lui manque. Il n'y a que les égoïstes imbéciles pour ne se satisfaire que de leurs qualités dominantes.

Le dictionnaire était donc pour lui ce que la salle de sport est à un professeur. Au hasard de ses voyages au cœur du Larousse, il traquait les voisinages de dispositions alphabétiques étonnants depuis qu'il s'était aperçu que, dans les noms propres, Hitchcock côtoyait Hitler. Là, la proximité lui parlait bien plus. À la page 683, « meursaut » était juste au-dessus de « meurtre »... Meursaut : nom commun d'un vin de Côte-d'Or. Il était fabriqué dans le village éponyme, à quelques kilomètres de Beaune. Et c'est à Beaune que la première partie de sa vie avait basculé.

— Sale petit morveux, je vais t'apprendre à marcher droit !

Et le père Counil faisait tomber les taloches. C'était la troisième famille d'accueil de Jo. Enfant de la DDASS, il avait été déplacé déjà deux fois. La première fois de Seurre, la deuxième de Saulieu. L'administration avait jugé les deux premières familles trop permissives. Des plaintes de voisinage relatives à des mœurs prétendument légères. Et pourtant, lui ne se plaignait de rien. Comme dans bien des cas de tutelle, ce que les adultes décident pour les enfants est trop souvent, à tort plus qu'à raison, à l'inverse de ce que les enfants décideraient pour eux-mêmes.

Il avait eu beau protester, il avait dû se soumettre. Chez les Counil, le sourire était de façade et les coups d'arrière-boutique. Un peu comme chez Gérard et Hugo Lavoie, mais version « petit commerçant ». De la devanture de l'horlogerie-bijouterie à sa chambre à coucher, il y avait un monde d'écart. C'était d'ailleurs dans cette chambre qu'un soir de novembre 1992, il avait eu les entrailles en feu pendant une heure.

— C'est du cinéma, t'as rien du tout, avait diagnostiqué la mère Counil.

Elle avait presque raison puisque le lendemain le docteur Pisier n'avait trouvé aucune cause, non plus, à cette brûlure abdominale qui lui laissa à vie la « poigne » au ventre. Jo, dans sa petite cervelle de douze ans déjà rompue aux turpitudes de ce monde, en avait tiré la conclusion certainement hâtive que les Counil avaient voulu l'empoisonner et que le docteur était complice. Trois jours plus tard, il s'était enfui sans laisser de trace.

Des gens du cirque l'avaient pris sous leur aile et embarqué dans leur voyage. De douze à seize ans, ils le firent passer pour un cousin de plus sans qu'aucune autorité vérifie quoi que ce fût. C'est là qu'entre les montages de chapiteaux et quelques exercices au trapèze, il avait acquis sa robustesse. La patronne, Julietta, le considérait comme son fils. Mi-sorcière, mi-voyante, elle lui avait prédit un destin hors normes. C'était aujourd'hui le cas, mais, hélas, peut-être pas dans le sens où elle l'entendait. C'est elle qui lui avait donné la jolie montre en guise de cadeau d'adieu, le jour où il avait décidé de les quitter.

Ensuite, pendant dix ans, en parcourant la France en long, en large et en travers, il avait fait toutes sortes de petits boulots. Ils les avaient quittés soit parce qu'il s'y ennuyait, soit parce que les circonstances l'y avaient obligé. En 1998, apprenti pêcheur à Quimperlé, il avait failli se noyer. On l'avait sauvé in extremis. Quant à la saison de barman à Antibes en 2002, elle s'était terminée par un mois de prison pour avoir volé dans la caisse. Ça lui avait servi de leçon. Et puis, finalement, il avait atterri chez les Lavoie, il y avait maintenant six ans. Et tout y était pour le mieux.

Meursaut.

Jo attrapa un carnet à spirales et nota :

1) Les Counil.

C'est ainsi que commença son enquête. En cette nuit de folie meurtrière, il se promit de tout faire pour comprendre le pourquoi de cette sauvagerie qui lui échappait. Il y avait forcément une réponse quelque part. Qu'est-ce qui déclenchait la pulsion ? Un souvenir ? Une brimade enfouie ? Un événement précis ? Une vexation ? Une parole ? Un geste ? Une habitude ? Une violence ? Une image ? Une date ?... Pourquoi pas un événement météorologique ? Il nota aussitôt :

2) L'orage.

C'était le plus évident des points communs entre les deux scènes de meurtre. Il n'avait aucune idée du rapport de cause à effet, mais il avait décidé de ne rien laisser passer. Jo était un méticuleux et un obstiné. Il savait que toute chose doit être précisée, détaillée si l'on veut obtenir le résultat souhaité. Que rien n'appartient au hasard, parce que le hasard n'existe pas. Souvenir et leçon d'un dompteur de son cher cirque Gloria qui avait eu la main arrachée à cause d'une inattention grossière. Il décida donc de noter scrupuleusement dans son carnet tout ce qui pouvait se recouper des deux meurtres passés. Tous les points de ressemblance. Absolument tous, même les plus anodins. C'est pour cela qu'il revint s'allonger sur son lit, le carnet et le stylo à la main. Il ferma les yeux pour mieux revoir les circonstances précises de l'agression de l'auto-stoppeur, une semaine plus tôt, sans aucun mobile non plus.

Il nota :

3) Sans mobile.

Et puis les dates, à tout hasard :

4) Le 24 juin et le 1er juillet.

Cette nuit du 24 juin, une semaine plus tôt, au bout de quatre heures et demie de conduite, il avait fait une pause d'une demi-heure, comme c'est la règle. Il s'était arrêté à la station-service de Boismandé. Il ne restait que très peu de kilomètres avant Limoges, mais le repos était obligatoire. Le Transics contrôlait tout. Chaque kilomètre en trop. Chaque dépassement de cadence. Il nota un point commun plus général que la date précise :

5) La nuit.

L'orage avait grondé au loin. Ça, il l'avait déjà noté en 2. C'était pour l'instant l'indice le plus significatif. La même arrivée brutale des nuages dans le ciel étoilé que la nuit du mariage. La même intensité du tonnerre et des éclairs, au moment où il s'était dirigé vers la boutique de la station-service. Il était allé se laver les mains aux toilettes, et s'était aspergé la figure d'eau fraîche. Il repensa à ce même geste au bord du lac, après avoir renoncé à poursuivre le serveur aux parasols. Mais il ne nota rien. Puisque à la station-service, c'était avant la pulsion, pas pendant. Et puis, il avait acheté un magazine, et était allé s'asseoir à une table pour boire un café. Pas un décaféiné, un vrai. Comme le dernier à la table des mariés. Donc :

6) Le dernier café. Vrai.

Rien de bien particulier pendant sa demi-heure de pause. En tous cas, rien à noter. Très peu de clients. L'employé de service ne lui avait adressé la parole que pour lui réclamer le prix du café. Rien à signaler de vraiment commun avec l'ambiance festive du mariage. Peut-être la musique de fond presque inaudible tant les diffuseurs saturaient comme dans presque toutes les stations-service. Il avait reconnu quand même Radio Nostalgie, qu'il écoutait souvent sur la route et parfois même à la maison. Parmi les tubes diffusés, il y en avait sûrement un ou deux qui avaient enflammé la soirée de noces. Il inscrivit à tout hasard :

7) Tubes Nostalgie.

Il avait contourné les pompes, et s'était dirigé vers son camion et... Bon sang, il allait oublier un détail capital ! Le petit cœur en tissu rouge qu'il avait acheté et sur lequel était écrit Rosa. Il l'avait tout de suite remarqué en traversant la boutique, juste au-dessus d'un amas de chevaux en peluche. Il n'en restait que deux : un au nom de Rosa, et un au nom de Belinda. Avant de démarrer, il avait accroché le cœur à son porte-clés. Juste le temps du voyage bien sûr. À l'arrivée, il l'avait mis dans son bureau pour ne pas qu'il attire l'attention d'un autre chauffeur et éviter les questions embarrassantes.

Jo jeta un œil attendri au petit cœur rouge accroché au mur de la chambre, bien en face de lui, au-dessus de la table en plastique blanc, et nota, puisque évidemment Rosa était au mariage :

8) Rosa.

La première chose qu'il avait faite en s'asseyant dans la cabine de son quinze tonnes avait été d'écraser sa cigarette. Comme avant de quitter la table de la fête et de se diriger vers la rive du lac. Il ajouta :

9) Dernière cigarette avant.

À peine avait-il mis le contact que la pulsion était arrivée d'un coup. Exactement comme la deuxième fois : le coup de chaleur, le voile rouge, la tétanie et la voix... L'inexplicable besoin de tuer.

« Il faut se venger… Ton arme… Se venger… Ne pas se faire prendre. »

Ça, ce n'était pas la peine de le noter. Le processus était totalement gravé dans sa mémoire. Et puis, si quelqu'un tombait fortuitement sur le carnet, les notes précédentes étaient anodines et indéchiffrables. Par contre, si on lisait : « Il faut se venger… Ton arme… Ne pas se faire prendre », les conclusions risquaient de ne pas être les mêmes.

C'était à l'entrée de la bretelle qui reliait la station-service à la route qu'il avait aperçu la silhouette sombre, pouce en l'air. Un éclair lui avait précisé un petit homme, coiffé d'un bonnet noir et équipé d'un sac à dos presque aussi épais que lui. La voix lui avait ordonné immédiatement :

« Celui-là ! »

La demi-conscience de Jo, l'inoffensive, lui avait fait d'abord vérifier dans le rétroviseur que personne ne le voyait s'arrêter. C'était bon, rien à l'horizon. Il avait pilé et crié :

— Monte vite, je suis à la bourre !

L'auto-stoppeur avait mis à peine cinq secondes à se hisser dans la cabine. Jo surveillait le rétroviseur. Au moindre éclat de phares, il lui aurait demandé de redescendre. Heureusement, rien. Il avait démarré en trombe et demandé aussitôt :

— Tu vas où ?

— Sur Toulouse. Mais vous pouvez me laisser où vous voulez, ça serait sympa.

Il ne pouvait pas se douter que ce routier « sympa » l'abandonnerait quelques kilomètres plus loin seulement. Et sans aucune possibilité de rejoindre la ville rose un jour. À peine installé, l'auto-stoppeur avait sorti un livre de sa veste et avait commencé à lire. Après quelques minutes de silence, Jo avait demandé :

— Tu t'appelles comment ?

— Eusebio.

— C'est un prénom portugais, ça ?

— Oui... En hommage au footballeur... Vous êtes blessé ?

— Pardon ?

— Je dis, vous êtes blessé, parce que votre main a l'air bloquée.

La « main de pierre », tétanisée par la pulsion, était effectivement au maximum de sa tension. Il conduisait la main gauche enroulée sur le volant, et le poignet droit maintenant tant bien que mal l'autre côté.

— Oui, répondit Jo. En chargeant, j'ai dû me froisser un nerf. Tiens, soit gentil ! J'ai des Doliprane dans le sac par terre devant toi, tu peux me les attraper ?

Eusebio avait penché la tête en avant. Sa petite taille l'avait même obligé à se décoller du siège pour mieux scruter le fond du sac.

Atemis.

Au pluriel, puisqu'il y en avait eu trois.

Et trois terribles bruits de fracture au moment où la main de pierre défonçait le cou. Jo avait jeté un œil au rétroviseur. Un seul véhicule derrière. Loin. Il s'était arrêté sur la bande d'urgence, warnings allumés. Il avait attendu que le véhicule le dépasse, était sorti du camion et, après l'avoir contourné, avait tiré brutalement le corps inanimé hors de la cabine. Et puis, il avait ramassé le sac à dos qui était tombé au sol, il se l'était passé sur l'épaule. Ensuite, il avait chargé l'homme sur son dos, enjambé la barrière de sécurité pour se retrouver dans le fossé. Il s'était mis à courir dans le sens de la circulation pour s'éloigner le plus possible de l'avant de son camion. Ça avait été le moment le plus délicat. Si un véhicule était arrivé dans un sens ou dans l'autre, il aurait plongé dans les herbes. Heureusement pour lui, personne n'était passé.

« Ne pas se faire prendre. »

Arrivé une trentaine de mètres plus loin, il avait repassé la barrière et jeté violemment le corps, tête première, par terre. Il y avait eu un jet de sang et le corps avait rebondi. Il l'avait soulevé à nouveau pour le lancer cette fois contre la barrière avec une brutalité extrême. Puis une autre fois encore. Et encore une autre. Les membres étaient totalement désarticulés et la tête à moitié arrachée. Un vrai accident de la circulation. Au moment où il s'apprêtait à le lancer une dernière fois, d'un coup, le froid l'avait envahi, la voix s'était tue et sa main s'était détendue. C'était fait. Il avait juste fait rouler du pied le corps contre la barrière... Les premières gouttes tombaient. Jo écrivit :

10) Premières gouttes après.

« Puisque les choses nous échappent, feignons d'en être les organisateurs. » C'était un vieil adage populaire que sa conscience réelle avait inversé en cours d'action. « Puisque nous en sommes les organisateurs, feignons que ces choses nous échappent. » Un camion l'avait frôlé en klaxonnant et s'était garé une cinquantaine de mètres plus loin. Le chauffeur s'était précipité. C'était une connaissance d'aire de repos. Joël de chez Chronopost. Il avait demandé, haletant :

— C'est toi qui l'as chopé ?

— Tu vois bien que non, avait répondu Jo, serein. Mon bahut est à trente mètres derrière. Chronopost, vous allez vite, mais pas dans la tête !

— Excuse-moi.

— C'est pas grave... T'as ton portable ? J'ai laissé le mien là-bas.

— Pour quoi faire ?

— Ben, pour appeler les flics.

Joël avait fait la moue.

— Tu sais, on ferait peut-être mieux de filer. Ces trucs-là, c'est des coups à emmerdes. T'as du sang partout.

— Ben oui... Je l'ai vu dans mes phares au milieu de la route. À mon avis, il s'était fait percuter pas longtemps avant. J'ai pilé, et je suis descendu le pousser sur le bord avant qu'il se fasse rouler dessus par les autres... Et puis, si ça se trouve, il est pas mort, j'ai pas eu le temps de vérifier.

— À mon avis, c'est pas la peine, avait dit Joël en regardant le corps massacré.

— J'ai rien à me reprocher, moi. Ils peuvent passer leur lampe bleue sur le pare-chocs, leurs experts à la con, ils trouveront pas de traces de sang.

— T'as raison.

Et, cerise sur le gâteau, parfumée à l'humour cette fois, Jo avait ajouté :

— Ou s'ils en trouvent, y aura des poils avec. Et ce sera pas du portugais, ça sera du chevreuil !

À peine avait-il fini sa phrase qu'il se mordit les lèvres.

— Comment tu sais qu'il est portugais ? aurait dû demander Joël.

Par bonheur, la question qu'il redoutait n'arriva pas. Et ils attendirent les secours sans que Joël paraisse avoir le moindre doute sur la version qu'il avait donnée.

La suite s'était déroulée comme prévu. Les gendarmes n'avaient retenu Jo qu'à peine une heure.

— Vous avez une idée de qui a pu le renverser ? avait questionné le capitaine, le ton solennel et un brin suspicieux.

— En tout cas, pas moi ! avait rétorqué Jo avec aplomb. Sinon, mon camion serait devant, pas derrière. Vous pouvez vérifier. Ça m'étonnerait que vous trouviez du sang sur le pare-chocs.

Et il avait fait mine de s'énerver :

— C'est quand même fort, ça ! On s'arrête pour secourir un mec et on se fait soupçonner ! La prochaine fois, je lui passerai dessus et je me barrerai.

Le gendarme l'avait calmé.

— Ne vous énervez pas, je vous comprends. Mais on fait notre boulot. De toute façon, c'est pas le premier et ce sera pas le dernier.

— Vous n'avez qu'à contrôler tous ceux qui sont passés avant moi.

— Oh, ça, c'est même pas la peine. Le chauffard peut être loin ou n'importe où dans la campagne. On n'a pas les moyens. On n'est pas à la télé.

Jo nota quand même :

11) Présence gendarme.

Il garda pour lui le « inefficace » qu'il brûlait d'ajouter.

Onze notes, donc. Onze points communs. Oh, il en avait sûrement oublié. Mais, comme disent les écrivains, c'était un premier jet. Avant de fermer le carnet, il en ajouta une dernière qui pouvait avoir son importance :

12) Homme inconnu avant.

Deux hommes. D'âges différents, de statures différentes, dont il ne connaissait rien quelques heures plus tôt. L'auto-stoppeur forcément. Et à l'église, le jour du mariage, il n'avait même pas adressé la parole au beau-père de son ami, le marié du jour.

Jo venait tout juste de refermer le carnet quand on frappa à sa porte. Il sursauta et le rangea à la hâte sous l'amas de papiers. Quatre heures du matin ! Vraiment quatre heures. La police ?

— C'est moi, ouvre-moi.

C'était Rosa. À peine lui avait-il ouvert qu'elle se colla contre lui en lui murmurant à l'oreille :

— J'avais trop envie.

Puis elle glissa le long de son corps pour le prendre dans sa bouche. Le reste fut une étreinte longue et suave, sans précipitation. Comme si elle avait deviné ce dont il avait besoin après cette nuit de violence extrême. D'habitude, assise à califourchon sur lui, elle se déchaînait et il était obligé de lui mettre la main sur la bouche pour étouffer ses cris de plaisir. Là, muette, elle soupirait juste langoureusement en le chevauchant presque au ralenti. En fermant les yeux, il crut voir la petite écuyère du cirque Gloria, Sylvia, dont il était amoureux à quinze ans et qui avait été sa première expérience sexuelle. Il rouvrit les yeux pour l'effacer. L'histoire s'était mal terminée. Un soir, le cheval s'était emballé et elle avait fait une mauvaise chute qui l'avait laissée infirme à seize ans.

— Je t'aime.

Jo sentit son cœur exploser de joie. Les mots qu'il avait devinés sur ses lèvres au bord du lac après le meurtre, Rosa venait de les prononcer vraiment. Pour la première fois. Elle poussa un soupir d'orgasme rauque et retomba sur lui doucement, tout en sueur, la bouche contre son cou. Après un long moment de silence, il murmura :

— On habitera ensemble un jour ?

Il y eut encore un silence et elle murmura à son tour :

— Peut-être... Mais pas tout de suite.

Jo se dit que c'était le moment de se lâcher. Il dit à mi-voix :

— Je sais que tu ne veux pas que je m'approche de chez toi. Parfois, je me demande si tu ne me caches pas quelque chose.

— Qu'est-ce que tu veux que je te cache ?

— Peut-être y a-t-il quelqu'un d'autre dans ta maison ?

— Tu as raison, il y a quelqu'un...

Et sans lui donner le temps de parler, elle enchaîna :

— Ils sont même deux : Burton et Amarillo. Mon chien et mon cheval. Et eux aussi sont très jaloux.

Jo eut un grand sourire, et demanda :

— C'est à cause d'eux que tu ne veux pas que je vienne ?

— Non, c'est à cause de moi. J'ai toujours été une solitaire acharnée. C'est presque maladif. Et je ne veux pas que quiconque fouille dans le moindre de mes secrets. Mais on ne sait jamais, peut-être qu'on partira ailleurs un jour, tous les quatre, Burton, Amarillo, toi et moi... Mais pour ça, il faut que tu respectes absolument la distance que je t'ai demandée pour l'instant.

— Promis.

Il l'enlaça et la serra de toutes ses forces. Elle se tourna vers la fenêtre où l'aube commençait à poindre.

— Regarde, le jour arrive. C'est comme si on avait passé la nuit entière. Allez, je prends un bain, je me sèche les cheveux et j'y vais.

Elle jaillit hors du lit et disparut dans la pièce voisine. Jo bondit à son tour. Une association d'idées lui avait brutalement fait apparaître un détail peut-être important. Il attrapa son carnet et ajouta au numéro 7, à côté de « Tubes Nostalgie » : Cloclo. La salle de bains et le séchoir avaient fait le déclic. D'un coup, il se souvenait parfaitement que dans la station-service le dernier titre qu'il avait entendu était : « Je vais à Rio ». Avec le « Alexandrie Alexandra » du mariage juste avant la pulsion, c'était peut-être un indice qui comptait. Sa mémoire, décidément aiguisée, lui rappela un autre détail : l'autre petit cœur rouge au nom de Belinda dans la boutique. « Belinda », un autre titre de chanson de Cloclo. Ce n'était peut-être qu'une coïncidence, mais ça méritait d'être noté.

Jo était un esprit simple, mais pas simpliste. Il possédait une intelligence « primaire », comme on dit lorsqu'on étalonne un homme à sa culture. Mais il compensait, comme beaucoup, son déficit de savoir par une précision étonnante d'analyse et de déduction pour les choses du tout-venant. Il était malin, observateur et perspicace. C'était cette intelligence-là qui lui avait inspiré les garde-fous lui garantissant l'impunité à l'occasion des deux premiers meurtres.

Alors : Cloclo, des gouttes d'eau, des gendarmes, une cigarette, un café... La logique de son « jeu de pistes » aurait pu paraître dérisoire et infantile à un cerveau évolué. Mais c'était juste un réflexe pragmatique dans une histoire qui l'était bien peu.

Et la suite lui donnerait raison.

Enfin presque.

Quand Rosa sortit de la salle de bains, il se faisait un café dans la cuisine.

— Tu ne vas pas dormir ? demanda-t-elle.

— T'inquiète pas, le café, ça me fait rien.

— Alors pourquoi tu en bois ?

Il la regarda en souriant et, après un silence, lui murmura :

— Pourquoi tu m'aimes ?

En guise de réponse, elle l'embrassa sur la joue. Puis elle sortit. Il regarda sa montre. Sept heures. Elle avait toujours une heure d'avance. Il la remit à la bonne heure et regagna sa chambre. Après s'être assuré, en jetant un regard par la fenêtre, que Rosa était bien partie, il revint s'asseoir à la table, ressortit le carnet, et récapitula ses notes :

1) Les Counil.

2) L'orage.

3) Le 24 juin et le 1er juillet.

4) Sans mobile.

5) La nuit.

6) Le dernier café. Vrai.

7) Tubes Nostalgie. Cloclo.

8) Rosa.

9) Dernière cigarette avant.

10) Premières gouttes après.

11) Présence gendarmes.

12) Homme inconnu avant.

Il contempla ses annotations avec une pointe d'amertume et la sensation que tout ça était un peu ridicule. Et certainement inutile. Et puis il revit en flashes le visage cyanosé du beau-père et le corps déchiqueté de l'auto-stoppeur. Il se dit encore une fois que ce n'était pas possible que cette barbarie soit la sienne à ce point-là. Il avait toujours su contenir ses colères. Et même quand il lui était arrivé de se battre, il avait toujours eu, après, un sentiment de culpabilité en espérant n'avoir pas trop esquinté son adversaire.

Non, non et non !

Ça ne pouvait pas venir de lui !

Il y avait forcément un élément extérieur qui déclenchait tout ça. Sans doute quelque chose d'infime. Et ce n'était qu'en multipliant les points de comparaison qu'il arriverait peut-être à comprendre. Et surtout qu'il trouverait la solution pour que le cauchemar s'arrête. Étrangement, il redoutait et souhaitait à la fois que cela se reproduise. Pour procéder par élimination. Une prochaine fois sans orage par exemple. Ou l'agression d'une femme. Il ne savait pas encore que ce serait l'un, mais pas l'autre. Et que le troisième meurtre lui donnerait l'occasion de réduire ses indices de manière conséquente.

Mais est-ce que la bonne raison était dans ces douze-là ?

Il referma le carnet, et resta un long moment la tête dans les mains. Et bien entendu, la question en deux mots qu'il se posait depuis le début du cauchemar vint l'assaillir pour la énième fois. Seule son « enquête » pouvait lui permettre d'y répondre. Il attrapa un feutre rouge et décida d'inscrire sur la couverture du carnet ces deux mots qui lui paraissaient la clé de tout. La voix lui avait ordonné : « Il faut se venger… Il faut se venger. »

Alors, il écrivit en majuscules : DE QUOI ?

Il se repassa pour la énième fois le film de la nuit dans les moindres détails. Et puis relut ses notes encore et encore jusqu'à ce que ses yeux se voilent de fatigue. Il finit quand même par s'endormir, épuisé, vers sept heures du matin. À la même heure, à des centaines de kilomètres de là, un petit employé de banque se levait pour faire son jogging du dimanche.

Ce serait son dernier.

Le samedi suivant, le 7 juillet, Antoine Delors, employé modèle au Crédit Agricole, gara sa voiture, un peu avant minuit, sur une aire de repos de la 20, à trente kilomètres de Châteauroux, dans le sens province-Paris. Il était resté une demi-heure sur celle d'en face, et puis l'avait quittée. Pas de gibier. Il avait pris la première sortie et était reparti dans l'autre sens, comme il le faisait chaque fois que la chasse était infructueuse. La chasse à l'homme. Histoire d'assouvir son homosexualité avec un oiseau de passage.

Les aires de repos sont les points de rencontre parmi les plus fréquentés de tous les homosexuels en mal de sensations fortes. Et il n'est pas rare de voir des voitures garées devant les sanitaires, le conducteur à l'affût. Une vraie traque, donc, où les chasseurs et leurs proies consentantes trouvent la montée d'adrénaline nécessaire à l'assouvissement de leurs pulsions sexuelles communes.

Antoine Delors croyait être chasseur.

Il serait la proie.

Il ne jouirait que d'une chose :

Ses derniers instants de vie.

CHAPITRE 3

Roland

« … Il avait déjà tué soixante-dix personnes. L'entretien avait duré quatre heures, et au bout d'un certain temps je l'ai senti en confiance. Alors je lui ai demandé s'il était bien sûr d'avoir tout dit. Comment pouvait-il avoir renoncé à ses crimes pendant deux ans ? Et c'est là qu'il m'en avoué dix-sept de plus, que la police a certifiés exacts quelques mois plus tard… »

Il y eut le jingle des infos de deux heures et Jo coupa la radio du camion. Il regrettait presque d'avoir renoncé à Radio Nostalgie. En surfant sur la bande FM, il était tombé par hasard sur une interview de Stéphane Bourgoin, le grand spécialiste des serial killers. L'écrivain en avait rencontré des dizaines et, à l'occasion de la sortie de son dernier livre, il confiait ses souvenirs à un journaliste de France Inter. La dernière question concernant un dépeceur d'enfant avait été :

— Est-ce qu'on peut considérer, comme je le pense, qu'à l'instar d'un philatélisme enragé, le crime est parfois une addiction artistique ?

— Pourquoi pas, répondit Stéphane Bourgoin poliment.

Il n'en était pas à une question tortueuse près. On était dans une émission intellectuelle, et il aurait été déplacé d'avouer au suffisant de service qu'il venait d'énoncer une ânerie. Enrobée d'une dialectique parfaite, mais une ânerie quand même. Énorme. Que pouvait-il y avoir d'artistique dans l'acte d'un fou qui attaquait des gosses à la perceuse et les finissait au rabot ? Cela rassura un peu Jo de savoir que, s'il se faisait prendre un jour, il y aurait peut-être une bonne conscience pour l'absoudre au nom de l'art et de sa liberté d'expression.

Dans quel monde vit-on ?

Jo alluma une cigarette. Pour l'instant, c'était trop difficile d'y renoncer aussi. Pour l'arrêt du café et des tubes des années lointaines, l'effort n'était pas conséquent. Il les avaient écartés par précaution. Même s'il avait encore un gros doute sur l'utilité des notes de son carnet, en les supprimant, il s'était dit qu'il éliminait déjà deux causes potentielles de ses pulsions. Et ce n'était pas une grosse privation.

Il monta s'allonger sur sa couchette et repensa aux serial killers. À partir de combien était-on « serial » ? Trois ? Quatre ? Huit ? Dix ? Lui se sentait juste récidiviste. Il n'avait tué « que » deux fois. Et il n'y avait aucune raison que cela se reproduise. En tout cas, il essayait de s'en persuader. Parce qu'il n'y avait, non plus, aucune raison que cela se ne reproduise pas. Il repensa à l'interview de Stéphane Bourgoin.

Soixante-dix meurtres ! Plus dix-sept. Quatre-vingt-sept meurtres sans se faire prendre ! Il se surprit à sourire. Une lueur d'espoir en cas de spirale sans fin.

Il montait livrer des veaux du Limousin à Rungis. Après une heure et demie de route seulement, il s'était arrêté au nord de Châteauroux sur l'aire de repos des « Blés d'or ». Rien d'obligatoire. Un coup de fatigue. À quelques semaines des vacances, il était épuisé. Il respectait les prérogatives bienveillantes d'Édouard qui n'étaient pas forcément celles de ses fils :

— Je préfère un chauffeur en retard qu'un chauffeur mort !

Au bout d'une demi-heure de pause, il s'apprêtait à repartir quand son téléphone portable bipa. Un SMS de Rosa : « Je crois que j'ai une bonne nouvelle. Je me suis débrouillée pour une semaine de vacances en août à l'endroit où je veux. Et si on la passait ensemble ? » Jo fut si ému qu'il répondit aussitôt : « T'es ssérieuse ?!? », avec deux « s » et un point d'exclamation en trop. Elle écrivit en retour : « J'espère que dans le bungalow que tu loues chaque année à Marseillan Plage, y aura une place pour moi. »

Jo avait envie de crier de joie. Comme un enfant à Noël. Il se contenta de pianoter sur son clavier : « Trop heureu et tro ému pour te répondre de vive voix. Je saurais ppas quoi dires. Merci. Je t'aime »... Il était presque en transes. Il attendait ça avec tant d'impatience. Un vrai rêve. Comme quoi, du rêve au cauchemar, il y a bien peu de distance. À peine deux minutes d'écart.

Les deux minutes avant la pulsion.

Quand il était arrivé sur l'aire de repos, il n'y avait que deux véhicules dans l'espace réservé aux poids lourds. Un camion rouge et un van. En contrebas, en face des sanitaires, juste une Mégane noire. Et assis au volant un petit homme à lunettes. Sa troisième victime. Il eut le pressentiment que ce serait celui-là dès que les mots claquèrent dans sa tête. À peine dix secondes après qu'il eut écrasé sa cigarette dans le cendrier.

« Il faut se venger… Ton arme… Ne pas se faire prendre. »

Il ne mit qu'une minute à scénariser la suite. Il se sentait étrangement sûr de lui. Les deux premières fois, la pression d'un soupçon de panique avait augmenté la chaleur qui parcourait son corps. Là, il avait la sensation de gérer parfaitement la situation, sans bouffée superflue, sans nervosité. Il se fit même la réflexion incongrue qu'il était peut-être en train d'acquérir la « main rouge ». Comme les bons jardiniers ont la main verte.

« Celui-là ! » ordonna la voix.

Ça, il le savait déjà.

Il traversa lentement le parking en direction des toilettes. Les rideaux du camion rouge étaient tirés.

Il ne croisa que le regard perdu du cheval qui fit une ruade au moment où il passait derrière le van. Du haut de sa cabine, il avait souvent observé la manière de procéder des dragueurs d'aire de repos. Celui-là en était un à coup sûr. Depuis une demi-heure que Jo était stationné, il avait vu l'homme quitter trois fois sa voiture. Il était entré deux fois dans les toilettes, pour en ressortir presque aussitôt, et revenir s'installer dans son véhicule, coude à la portière et plafonnier allumé.

Jo passa au plus près de la Mégane en ralentissant le pas, la main sur son jean en se caressant le sexe. Et il entra dans les toilettes en jetant à l'homme assis au volant un dernier regard qui ressemblait à une invitation. Il avait reproduit avec un maximum d'application la chorégraphie d'approche des acteurs de films X. Le peu de fois où il avait contemplé sur Canal Plus la démarche et les clins d'œil surjoués, il avait éclaté de rire. Il allait se rendre compte que la réalité pouvait rendre une mauvaise fiction tout à fait crédible.

À peine était-il face à l'urinoir qu'il entendit la portière de la voiture claquer. Quelques secondes plus tard, le petit homme à lunettes vint se poster face à l'urinoir voisin. Le crane nu, il portait un tee-shirt noir, un bermuda bleu marine et des tongs. Pas un mot. D'abord, il y eut un long regard échangé, puis le petit homme baissa les yeux et fixa le sexe imposant de Jo. Au moment où il tendait la main pour l'attraper, Jo dit, avec un clin d'œil complice :

— Pas là ! On va plus loin !

Jo se reboutonna maladroitement d'une main et sortit des sanitaires. Il se mit à marcher rapidement vers les fourrés voisins à l'écart des lumières crues des réverbères. Le petit homme le suivait à quelques mètres. Après avoir dépassé les balançoires pour jeux d'enfant, il s'arrêta au bout d'un sentier, sous les arbres. Il leva les yeux au ciel vers la lune que le voile lui peignait rouge, s'appuya contre un arbre, dégrafa son jean et laissa pendre son sexe. Cyniquement, il pensa aux vers de terre qu'il enfilait sur ses hameçons, quand il pêchait la carpe en étang, sa passion des week-ends. Le petit homme s'approcha et se mit à genoux devant l'« appât ». Jo s'entendit dire avec une voix affreusement fausse, toujours en référence inconsciente à l'amateurisme théâtral des harders :

— Vas-y… Régale-toi.

C'est au moment où le petit homme allait le prendre dans sa bouche qu'il y eut deux craquements successifs. Celui des vertèbres sous la violence de l'*atemi* et, une seconde plus tard, celui de la branche de bois mort au sol sur laquelle le petit homme était tombé lourdement.

Pour la première fois, Jo entendit le son de sa voix. Une plainte. La chaleur, la tétanie et le voile étaient toujours là. Il se pencha et serra le cou de toutes ses forces de sa main souple. Il fallut presque une minute pour que le froid l'envahisse, que sa main se détende et que le voile rouge s'efface. C'était fait… La voix s'était tue.

Enfin, celle de la « petite fille ».

Parce qu'aussitôt ce fut une voix d'homme qui prit le relais :

— Tu veux que je t'aide ?

Jo sursauta. Il se retourna et vit une masse sombre qui ne lui donna pas le temps de répondre à la question. Une volée de coups de pied, de poing, d'une violence rare, accompagnés d'insultes :

— Crève salope... Crève... Ordure !

Jo s'était écarté. C'était un gros homme barbu. Sa chemise à carreaux était retroussée jusqu'à mi-biceps, dévoilant de larges tatouages de serpents et de poignards. Il s'acharnait sur le cadavre avec une violence inouïe. Cela dura plus d'une minute. À bout de souffle, il s'arrêta de cogner, cracha trois fois sur sa victime, puis se redressa et dit à Jo :

— Bien joué, mon gars ! Excuse-moi d'avoir fini le travail, mais c'est ça, la solidarité entre routiers !

Et il éclata d'un rire effrayant. Jo demanda :

— C'est toi le camion rouge ?

— Ouais...

Et le gros homme enchaîna immédiatement :

— Faut pas le laisser là, ce fumier ! T'inquiète pas, je vais t'arranger le coup, j'ai l'habitude. Va garer ton frigo à la sortie de l'aire, ouvre les portes arrière et fous-toi au volant ! Je vais te le ramener par les bois. Si une bagnole arrive, mets les warnings pour prévenir !

Jo n'eut même pas l'idée d'articuler un mot. Son cerveau lui semblait anesthésié. Comme un robot, il alla déplacer son camion, ouvrit les portes, et ce ne fut qu'une fois installé au volant, le regard rivé au rétroviseur, qu'il retrouva un peu ses esprits. Il envisagea de démarrer et de partir en trombe, puis se ravisa. Il alluma une cigarette en se disant que ce serait probablement la dernière. La pulsion était arrivée à peine avait-il écrasé celle d'avant, comme avec l'autostoppeur, comme au mariage.

Cela dura dix longues minutes.

Une éternité.

Par bonheur, aucun véhicule ne vint se garer. Tout à coup il entendit, avec soulagement, un lourd claquement de portes à l'arrière. Et puis il y eut un bruit de pas, et le gros homme apparut sur sa droite et se hissa d'autorité dans la cabine côté passager. Sans dire un mot, il sortit de sa poche de chemise un sachet de poudre blanche, l'étala au dos de sa main et la sniffa. Il s'ébroua et demanda en souriant :

— T'en veux ?

— Non, merci, répondit Jo.

— T'as tort. Ça fait tenir.

Jo se décida enfin à oser reprendre la main :

— Pourquoi tu l'as massacré à ce point-là ?

Avant de répondre à la question, le routier tendit la main et dit :

— Moi, c'est Roland, et toi ?

Jo eut un instant d'hésitation et répondit :

— ... Michel.

Roland le regarda, un sourire en coin.

— T'as trop attendu. Ça doit pas être ça. Mais ça n'a pas d'importance... Pour répondre à ta question, je l'ai massacré à ce point, comme tu dis, pour les mêmes raisons que toi je suppose. Pour nettoyer, non ?

— Euh... Oui... Évidemment.

— Cette putain de vermine de pédés, ça a pas le droit de vivre ! Quand les chefs ont pas de couilles, c'est aux soldats de faire le boulot. Et en plus maintenant, ils veulent nous les marier, ces enculés. Socialistes de merde ! J'ai pas raison ?

— Si, si, lança Jo avec une conviction feinte.

Même s'il n'était absolument pas d'accord, il n'avait pas vraiment le choix. Il s'apprêtait à ouvrir la bouche pour demander :

— Bon, qu'est-ce qu'on fait maintenant ?

Roland le devança.

— Tu sais, c'est pas la première fois que je m'en fais un. En quinze ans de route, j'ai dû en dézinguer une demi-douzaine. Mais ça devient de plus en plus dur avec leur bonne conscience à la con. Tu vois ce que je veux dire ?

— Bien sûr.

— Dans le temps, ça comptait moins. Mais aujourd'hui, je me méfie. Là, j'ai eu comme un sixième sens. C'est marrant, de loin, je t'ai pas senti pédé, toi. L'instinct. Alors je t'ai pisté discret. Et je te cache pas que j'étais fier de pas m'être gouré. À part que maintenant, faut pas traîner.

Jo avala sa péniblement salive, cacha sa main gauche qui tremblait légèrement, reprit le contrôle, et demanda d'une voix sûre :

— Tu proposes quoi ?

— Facile. Tu te barres. À vingt bornes, tu prends la sortie Levroux. Y a une petite départementale. Tu roules un peu, et tu le bazardes dans la nature. Moi, j'ai mon plan. Je l'ai fait l'année dernière dans les Vosges, c'est imparable.

— Et c'est quoi ton plan ?

— Dans une demi-heure, j'appelle les flics. Je leur dis que j'ai vu trois types dans une voiture s'arrêter et embarquer un petit mec à lunettes de force en le tabassant. Et qu'ils se sont tirés à toute pompe. J'ajouterai que je suis pas intervenu parce que c'est allé trop vite et que c'étaient des bougnouls. C'était trop dangereux. Faut toujours se méfier avec eux. J'aime pas les bougnouls non plus. Et toi ?

— Non, bien sûr.

— Et puis ça tombe bien. Le cassage de pédés, y en a de plus en plus avec leur mariage à la con. On est pile raccord… Alors mon plan, ça te va ?

— Super.

— Alors tout le monde est content… Allez, magne-toi !

Et il ouvrit la portière, sauta au sol, et commença à s'éloigner en sifflotant. Avant de démarrer, Jo lui lança par la vitre ouverte :

— Merci.

Sans se retourner, l'homme répondit :

— De rien. C'est la société qui devrait me remercier.

Jo se débarrassa du corps dans un fossé en bordure de départementale, une vingtaine de kilomètres plus loin, et rejoignit la double voie. Il avait perdu du temps.

Il regarda sa montre qu'il avait fait « re-réparer » deux jours avant, mais qui, à nouveau, marquait une demi-heure de plus et se dit qu'il ne serait pas à Paris avant le lever du jour.

Il fit le reste du voyage toujours en limite d'excès de vitesse, sans radio, noyé dans ses pensées, en revivant en boucle ce scénario ahurissant. Plus que dans l'analyse des faits eux-mêmes, il divagua sur l'essence de ce cauchemar effrayant. Avec toujours la même interrogation obsédante : se venger de quoi ?

Un auto-stoppeur d'une trentaine d'années, un brave commerçant quinquagénaire et un rôdeur de parking à l'âge indéfinissable. Il avait beau chercher, il ne trouvait aucun lien plausible entre ces trois victimes. La sauvagerie de Roland le renvoya à une réflexion plus profonde, avec un constat flagrant : ce monde était de plus en plus fou. Et une question : qui sont les véritables coupables ?

L'actualité lui distillait chaque jour, comme à nous tous, des témoignages de meurtres horribles. Entre les fous furieux qui flinguaient dans les écoles et les terroristes de tous poils, Jo se sentait presque innocent. Roland, lui, était un vrai coupable. Conscient et motivé. Lui n'était qu'un pantin. Il ignorait qui tirait ses fils. Il se décréta donc victime avant tout. Il s'amusa même de cette inversion des rôles. Le journaliste suffisant de France Inter aurait pu lui demander :

— Ne pensez-vous pas que vos meurtres sont en fait l'expression d'une oppression dont n'est coupable que la société ? Car enfin, c'est le carcan des lois qui pousse chaque libertaire qui est en nous à en desserrer l'étau au prix d'une violence que seule cette dictature infâme justifie.

— Vous avez raison, aurait-il répondu. Le vrai coupable, c'est le code pénal !

Ranger ainsi sa culpabilité, même avec une ironie dont il n'était pas vraiment fier, lui apporta un soupçon de sérénité. Et il passa la dernière partie du voyage à recadrer ses points de comparaison. Au troisième meurtre, ça s'éclaircissait un peu. En tout cas, il pouvait éliminer d'ores et déjà une grande part des indices prétendument concordants. Il les connaissait tous par cœur, numérotation comprise. Il récapitula dans sa tête tout ce qu'il allait modifier dans son carnet, dès son retour à Limoges.

Déjà, il supprimerait les numéros 2, 6, 7, 11 et 12. Pour ce troisième meurtre : pas d'orage, pas de café, pas de Cloclo, pas de premières gouttes après, pas de présence de gendarmes. Pour le numéro 3, il ajouterait la date du 8 juillet au 24 juin et au 1er juillet. Là, le détail avait vraiment de l'importance. Les meurtres avaient tous eu lieu dans la nuit de samedi à dimanche, à une semaine d'intervalle. C'était certainement la piste la plus parlante.

Et puis surtout, il se promit d'ajouter une nouvelle piste qu'il intitulerait : « chevaux ». Celle-là aussi lui semblait primordiale. Il s'était souvenu de Jérôme, au mariage, parlant du tiercé à son voisin, juste avant que la pulsion l'envahisse. Et puis, le petit cœur de Rosa posé sur un amas de chevaux en peluche dans la boutique de la station-service. Et enfin, cette nuit, la tête qui dépassait du van. Et surtout la ruade quand il était passé tout près.

Paris n'était qu'à trente kilomètres quand il commença à échafauder, à cause des chevaux, une première version, sinon plausible, du moins intéressante. Avec, en préambule, une question dont la réponse pouvait tout expliquer : Et si c'était une réminiscence de l'accident de Sylvia, la petite écuyère du cirque Gloria ?

Il se souvenait parfaitement des circonstances. Le clown avait fait éclater un ballon en coulisses et le cheval s'était cabré. Tout de suite, il avait haï ce clown, le vieux Georges, un ex-acrobate trop âgé reconverti en pitre. Était-ce la présence d'un cheval d'une manière ou d'une autre qui déclenchait sa pulsion ? Était-ce Georges qu'il tuait symboliquement chaque fois ? La voix était-elle celle de Sylvia ? Mais pourquoi ces victimes si différentes ? Pourquoi la main tétanisée ? Pourquoi à une semaine d'intervalle dans la nuit de samedi à dimanche ? Il se souvenait parfaitement que l'accident de Sylvia avait eu lieu un jeudi.

Ce qu'il ne savait pas encore, c'est que le prochain meurtre se déroulerait justement un jeudi. Et que, quel que soit ce qu'il apprenne des raisons de ce cauchemar, il ignorerait toujours la raison de ces dates précises.

Et pourtant, elle existait bien.

Et elle était la clé de tout.

Quand il revint à Limoges, le lendemain dans l'après-midi, il gara son camion au dépôt et se précipita vers les bureaux. Il voulait voir Rosa. Oh, pas pour la serrer dans ses bras, hélas, mais juste pour croiser son regard à travers la vitre du couloir. Elle lui avait tellement manqué. La veille, il aurait tant eu besoin de ses caresses retenues, comme après le deuxième meurtre. Il eut beau la chercher des yeux, il ne la trouva pas. Il apostropha Corinne, sa collègue la plus proche, au moment où elle sortait, une pile de dossiers dans les bras.

— Rosa est dans le coin ?

— Non, elle a pris son après-midi. Elle ne se sentait pas très bien.

Jo tourna les talons et sortit des bureaux un peu inquiet. Il tenta pour la troisième fois depuis son retour de la joindre au téléphone. En vain. Et s'il lui était arrivé quelque chose de grave ? Trois semaines avant, il n'aurait sûrement pas eu ce genre de pensée. Mais il baignait dans un tel climat de violence et d'imprévu qu'il se monta la tête tout seul. Il décida d'aller chez elle. Bien sûr, elle le lui avait formellement interdit, mais là, il pressentait quelque chose.

Quand il arriva au bout de l'allée qui conduisait à sa maison, il tomba nez à nez avec un autre véhicule. C'était Édouard dans sa grosse Mercedes grise. Là, il se dit que s'il n'était rien arrivé de grave à Rosa, elle allait sûrement le prendre plus que mal. Les deux voitures se croisèrent en se frôlant presque à se toucher. Chacun baissa sa vitre.

— Tu vas voir Rosa ? demanda Édouard, un sourire aux lèvres.

— Oui, répondit Jo. On m'a dit qu'elle était malade…

Et il improvisa :

— Il y a trois jours, en arrivant au dépôt, j'avais très mal au ventre. Elle m'a donné un médicament qu'elle avait dans son sac. Quand Corinne m'a dit qu'elle n'allait pas bien, je me suis dit qu'elle en aurait peut-être besoin.

— C'est très bien, Jo, approuva Édouard. La solidarité dans l'entreprise, c'est la clé de tout. Comme je le dis souvent, « l'humain, c'est le cric des résultats ». C'est d'ailleurs pour ça que je lui ai fait une petite visite. Oh, je n'ai pas fait un détour, j'avais un client à voir quelques maisons plus loin.

— C'est bien, monsieur Lavoie. C'est pour ça qu'on vous aime.

Édouard démarra en lançant :

— Ce n'est pas bien grave, une petite intoxication. Allez, salut, Jo… À propos, la livraison à Rungis s'est bien passée ?

— Sans problème, monsieur Lavoie. Sans problème.

Jo hésita d'abord à faire demi-tour. Il était rassuré sur l'état de santé de Rosa. Mais si près du but, il brûlait de la voir quand même. Il savait qu'elle le prendrait sûrement mal. Mais bon, ce n'était pas si grave. Il n'y avait pas mort d'homme, comme on dit. Enfin, pas dans ce cas-là. Il décida finalement d'aller jusqu'au bout. Il laissa sa voiture, et finit le chemin à pied.

Il frappa trois fois à la porte de la grande maison silencieuse avant que Rosa ne vienne ouvrir. En l'apercevant, elle se décomposa et lança, l'œil furieux :

— Qu'est-ce que tu fous là ?

— Je venais prendre de tes nouvelles parce qu'au bureau...

La porte claqua avant qu'il n'ait articulé la fin de sa phrase. Il frappa à nouveau. Rien. Il attendit, puis frappa encore. Toujours rien. Il se décida à partir. À peine avait-il tourné les talons que la porte s'ouvrit dans son dos. Rosa était plantée dans l'embrasure, les bras croisés et la mine glaciale. Sans s'approcher, Jo lança :

— Je me faisais du souci. Mais ça va, je vois que tu vas mieux. Ne t'inquiète pas. J'ai croisé le patron et ça s'est bien passé. Je lui ai dit que je t'apportais un médicament que tu m'avais prêté. Il m'a remercié pour ma solidarité d'entreprise. Tu m'en veux ?

— Oui, beaucoup.

— Je te comprends et je m'excuse. Encore une fois, ne t'inquiète pas. Le patron avait l'air content. Il ne se doute de rien, j'en suis sûr. Il m'a dit qu'il était passé à l'occasion parce qu'il avait un client dans le coin, et que c'était bien que chacun se préoccupe des autres.

Rosa le fixait sans un mot. Il demanda :

— Tu viens quand même ce soir ?

Elle ne répondit pas et claqua la porte. Jo rejoignit sa voiture encore plus plié vers l'avant, mais un sourire aux lèvres. Peut-être n'aurait-il pas dû faire ça, mais il était si heureux de l'avoir vue. Un rayon de soleil après les ténèbres.

Cette nuit-là, il attendit Rosa jusqu'à deux heures du matin. En vain. Il se décida à lui passer un SMS : « Tu ne viendras pas ? » Elle répondit aussitôt : « Non. » Il hésita quelques minutes, puis envoya : « On part quand même en vacances ensemble ? » Elle répondit : « Oui. »

Décidément, les femmes sont un mystère ! Et il est vain que les hommes cherchent à comprendre ce que, la plupart du temps, elles ne comprennent pas elles-mêmes.

Avant de s'endormir, il passa encore un long moment sur son carnet. Il relut les annotations et la numérotation qu'il avait bouleversées après les événements et les réflexions de la nuit passée. Il récapitula, crayon à la main.

1) Les Counil.

Pour l'instant, aucun événement ne correspondait vraiment à eux, mais le traumatisme de l'année passée chez les horlogers de Beaune était tel qu'il n'aurait pas été surprenant qu'il y ait un lien.

2) 24 juin, 1er juillet et 8 juillet.

Il ajouta la suite logique avec un point d'interrogation : 15 juillet ?

3) Sans mobile.

Le troisième meurtre avait confirmé ce point commun évident. D'autant plus qu'il n'était absolument pas homophobe, et que seul l'esprit de sauvegarde l'avait entraîné à approuver les idées infectes de Roland.

4) La nuit.

Encore une évidence. Et où la pleine lune n'avait aucune importance comme on le croit souvent. En trois semaines, il avait eu droit au croissant et à la demie. La pleine était pour bientôt, et ça ne pouvait pas être pire.

5) Rosa.

C'était le point le plus délicat pour lui. Elle avait été le petit cœur rouge au premier meurtre. Sa dernière interlocutrice au deuxième. Et au troisième, il avait reçu les SMS d'elle quelques secondes avant que la pulsion le guide vers les sanitaires de l'aire de repos. Renoncer à fumer, il venait d'en prendre enfin la décision. Il n'y avait eu que dix secondes entre sa dernière cigarette et le début de la pulsion. Mais renoncer à Rosa, c'était une autre histoire. Surtout avec la promesse de vacances ensemble, de vraies nuits, qu'elle venait de lui confirmer in extremis. Il allait attendre encore un peu.

6) Dernière cigarette avant.

Il pensa que l'arrêter était quoi qu'il en soit une bonne décision. Même s'il recommençait à tuer après y avoir renoncé, et que donc, elle n'y serait pour rien, c'était une occasion de se débarrasser de son addiction. Quant aux « hommes inconnus avant », qui, à l'origine, était en numéro 12, il se dit qu'il pourrait le grouper avec le 3 : « Sans mobile ». Les indices étaient donc réduits à cinq. Il ne restait plus qu'à y ajouter « les chevaux ».

En méticuleux qu'il était, comme sa feuille était raturée et numérotée de façon totalement anarchique, il l'arracha, la chiffonna et la fit brûler dans un cendrier. Il voulait que tout soit net et précis. Il choisit une feuille neuve et récapitula en inscrivant :

1) Les Counil.

2) 24 juin, 1er juillet, 8 juillet, 15 juillet ?

3) Hommes inconnus. Sans mobile.

4) La nuit.

5) Rosa.

6) Dernière cigarette avant.

7) Chevaux

Comme ça, c'était plus clair. La solution devait être là. Forcément. À moins qu'il ait oublié quelque chose d'essentiel qui lui aurait échappé. Même s'il avait été le plus scrupuleux possible, il sentait confusément qu'il était peut-être passé à côté d'une évidence. Quelque chose de lui, commun aux trois meurtres, qu'il n'avait pas remarqué.

Et vous ?

CHAPITRE 4

Rosa

Jo ne ferma pas l'œil dans la nuit du samedi 14 au dimanche 15 juillet. Il tournait en rond. Nerveux. Impatient. Il avait recommencé à boire des cafés et à écouter Radio Nostalgie, mais la cigarette lui manquait terriblement. Il s'occupa à tout et n'importe quoi. Il saisit même au hasard d'un zapping télé un reportage sur la recrudescence de l'homophobie en France. On y parlait, entre les témoignages d'agression, de la découverte d'un corps atrocement mutilé à une trentaine de kilomètres de Châteauroux. Avec de fortes présomptions de culpabilité pour une bande de *skinheads*. Comment les Arabes s'étaient-ils transformés en nazillons ? C'était le mystère de l'information. Et la certitude qu'il ne faut la prendre que pour ce qu'elle est : un faux témoin appointé dont des intérêts secrets dictent la prétendue objectivité.

Cette nuit fut donc blanche. C'était la première fois qu'il espérait la pulsion presque plus qu'il ne la redoutait. Pour avoir une chance de réduire encore les concomitances, et, allez savoir, de se rapprocher de la solution. Mais il ne se passa rien. Absolument rien. Il attendit quand même le week-end suivant pour rayer définitivement la note numéro 2 qui concernait les dates à distance régulière. L'espace-temps était donc aléatoire. Les indices concordants furent réduits à six. Et comme rien n'était arrivé non plus jusqu'au 13 août, il prit la route des vacances le cœur presque léger.

Et si le cauchemar était terminé ?

Et si tout ça s'arrêtait comme c'était arrivé ?... Sans raison.

Quoi qu'il en fût, cette semaine de vacances s'annonçait plutôt comme un rêve. Sept jours rien qu'à eux deux. Rosa était allée passer quelques jours dans sa famille en Alsace, et l'avait rejoint le deuxième soir dans le bungalow qu'il louait à Marseillan Plage, entre Agde et Sète. Leur première vraie nuit, enfin ! Il était si heureux qu'il se contenta de la « dormir » pour ne lui faire l'amour qu'au réveil. Il ne se doutait pas que ce mercredi 15 août serait, mis à part une contrariété vers midi, la plus belle journée de sa vie. Un passage privilégié merveilleux comme nous en avons tous vécu sans nous en apercevoir. Il faudrait un bip, un signal, un lutin sur notre épaule pour nous dire : « Profite bien, c'est le plus beau jour de ta vie. »

Hélas, il n'y a qu'un avenir terne pour nous remémorer la brillance d'un passé exceptionnel. Encore une injustice de l'existence, une carence de Dieu, mais il y en a tant. Sans rancune, Jo Le bénissait pourtant en ce matin lumineux. Et comme, de plus, Rosa n'avait fait aucune allusion à sa visite malvenue chez elle, tout était idyllique.

— Bon Dieu, qu'est-ce qu'on est bien ! Y a rien au-dessus !

Pourtant, ce n'était pas le grand luxe. Une petite chambre, une kitchenette, une salle de bains et quand même une terrasse en bois derrière, d'où on pouvait voir un tout petit bout de mer. Mais si le bonheur ne devait dépendre que des dorures et des marbres, ça se saurait. Les princesses ne prendraient pas d'anxiolytiques. En l'occurrence, l'image était parfaite. C'était un vrai moment « Témesta ». Apaisé, serein, planant. Rosa et Jo prenaient leur petit déjeuner à l'intérieur. Les rais de soleil à travers les persiennes les dessinaient encore plus beaux. Comme dans un film pour palme à Cannes. Contrastés, sculptés. Elle, les cheveux sublimement désordonnés, dégoulinants en cascade sur ses épaules nues. Les seins tendus et la bouche ourlée d'un reste de confiture de cerises. Lui, l'œil luisant, animal, et le torse grec encore huilé des sueurs d'avant.

Ils avaient sacrifié à toutes les stupidités des amoureux tout neufs. Le croissant mangé en même temps à deux. Chacun son bout et, au moment de se rejoindre, le baiser au goût de beurre frais. Et puis le cœur dessiné au doigt sur la flaque de chocolat chaud renversée sur la nappe à fleurs. Plus les oiseaux qui gazouillaient dans les pins parasols. Le cliché absolu. Ils étaient allés se doucher ensemble, collés, debout dans la baignoire. Au bout de deux caresses seulement, il l'avait prise dans ses bras et emmenée dans la chambre. L'étreinte tiède et salée avait duré jusqu'à l'épuisement. Le goût de sa semence au bord des lèvres, elle lui avait offert ses reins et il s'était endormi en elle. Le nirvana !

Ils se réveillèrent vers midi avec une faim de jeunes loups. On peut vivre d'amour et d'eau fraîche. Mais en été, une salade de tomates, des grillades et un petit rosé frais, c'est quand même plus agréable. Pendant qu'elle préparait la sauce à l'huile d'olive, il partit dans sa voiture chercher le barbecue. Au retour, il lui lança :

— Laisse tomber deux minutes. Il faut que je te présente « Chouchou » et « Loulou. » À mon avis, ils ont dû à peine arriver, le bateau pneumatique est toujours sur la galerie.

C'est Jo qui avait surnommé « Chouchou » et « Loulou » cet adorable couple de retraités de Seine-Saint-Denis qui étaient ses voisins de farniente attitrés depuis maintenant trois ans. Des petits vieux d'une gentillesse folle. Cinquante ans d'amour absolu leur avaient peint les mêmes rides aux yeux, et donné la même voix quand ils riaient à gorge déployée. Comme si le bonheur les avait clonés.

— On peut entrer ?

Jo tapa à la porte entrouverte et, en familier, pénétra sans attendre la réponse. Dans la pénombre, il distingua « Chouchou » assis dans un fauteuil, immobile.

— On enterre qui ici ? blagua Jo.

Et il ajouta aussitôt :

— J'espère que cette année, je pourrai enfin voir « Loulou » en string. Et surtout…

Il stoppa sa phrase net. Il venait d'apercevoir sur la table de cuisine la photo de « Loulou » dans un cadre dont l'angle était orné d'une bande de deuil. « Chouchou », en polo et costume noir, était prostré. Absent.

— Merde alors... balbutia Jo. Qu'est-ce qui s'est passé, Raymond ?

Il n'y avait plus de « Chouchou » puisque « Loulou » n'était plus là. Raymond tourna ses yeux mouillés et murmura :

— Je l'ai enterrée il y a huit jours. Une crise cardiaque.

— Mon pauvre Raymond.

Jo vint s'asseoir sur l'accoudoir du fauteuil et lui prit la main. Rosa, à l'écart, ne put retenir une larme. Et Raymond se mit à raconter la dernière heure de « Loulou ». Les derniers instants de sa Maryse. Il s'épancha longuement sans épargner un seul détail, comme tous les désespérés à qui on n'en demande pas tant. Jo ne lâcha pas sa main jusqu'aux derniers mots :

— ... Et voilà, c'était fini, soupira Raymond.

Il y eut un long silence et le vieux monsieur anéanti tourna la tête vers Rosa. Jo devança sa question :

— C'est ma fiancée.

— Ah bon, fit Raymond en esquissant un sourire. Vous allez très bien ensemble.

Et il se renferma à nouveau.

– Comme moi et ma Maryse. Tu te souviens, Jo, quand tu lui faisais le dauphin sur la plage ? Qu'est-ce qu'on a ri ! Elle, surtout. Elle ne pouvait plus s'arrêter.

Et Raymond égrena des souvenirs et encore des souvenirs, jusqu'à ce que Rosa profite d'un silence pour s'immiscer avec une infinie tendresse :

– Monsieur Raymond, il faut pas rester comme ça. Moi, si je partais, je ne voudrais pas que Jo me voie dans cet état… Allez, on se secoue !

Elle alla à la fenêtre et ouvrit tout grand les persiennes.

– Regardez ce beau soleil. Et le soleil, c'est la vie… Allez, je vais rajouter un couvert, et vous mangez avec nous !

Elle sortit. Raymond regarda Jo dans les yeux et lui dit :

– C'est une bonne petite. Avec du caractère, comme la mienne. Garde-la.

– J'y compte bien, dit Jo en souriant.

Et le veuf inconsolable, ce qui n'est, hélas, pas toujours un pléonasme, partit dans l'énumération des qualités de Maryse. Même celles qu'elle n'avait pas. Nos bavardages de deuil sont toujours excessifs, et les oraisons funèbres des litanies bien hypocrites. Comme si exalter le meilleur de ceux qui partent pouvait exaucer le pire de ceux qui restent. La mort perfectionne tout. Et surtout les cimetières. En cette époque pressée et bruyante, ils restent quand même les seuls endroits où l'on peut s'allonger tranquille sans être emmerdé par la perceuse du voisin. Non ?

Jo attrapa Raymond par le bras.

— Allez viens, on va manger... Et puis, mets une chemise plus gaie. Elle a raison, Rosa, il faut vivre.

Raymond répondit :

— J'aimerais bien. Je suis sûr que c'est ce que voudrait Maryse. Mais ça ne se fait pas. Je préfère rester en noir.

À la fin du déjeuner sur la terrasse, Raymond avait un léger sourire aux lèvres. Un mélange de réconfort sincère et de rosé frais. Jo le regarda regagner son bungalow, en tentant de lutter encore contre la sale pensée qui lui torturait l'esprit depuis qu'il avait remarqué, dans la cuisine, un rouleau de ficelle juste à côté du cadre en deuil où souriait Maryse. Il avait levé les yeux vers la poutre et avait tout fait pour chasser l'ignoble idée qui l'assaillait. Mais c'était plus fort que lui. Il s'était dit que, si la pulsion revenait, un coup sur la nuque et une pendaison seraient le meurtre idéal. Qui pourrait mettre en doute le suicide d'un homme aussi dévasté par le chagrin ? Et tout le long du repas, il avait lutté et lutté encore pour repousser cette pensée chaque fois qu'elle s'insinuait. Même Raymond parti, ça avait continué. Il écoutait à peine ce que Rosa lui disait. Par bonheur, elle le déconnecta d'une phrase :

— Tu vois, Jo, c'est cet amour-là que je veux. Et avec un enfant en plus.

— Pardon ? sursauta Jo.

— Tu as bien entendu. Mais attention, je ne viens pas de te dire que j'ai décidé de faire un enfant avec toi là, tout de suite. Mais j'ai décidé que le seul avec qui je veux un enfant, c'est toi.

Ça, c'était le bonheur absolu.

Et tout le reste de la journée fut au diapason. À en oublier totalement le chagrin de Raymond. Le soleil, les rires dans les vagues, les glaces à la fraise, et l'amour encore avant d'aller dîner en bord de plage. Et puis le Luna Park voisin. Les tours de grande roue. Les montagnes russes. La foule autour et, pourtant, rien qu'eux deux. En fusion. Plus qu'heureux. Même en cherchant dans son dictionnaire, Jo n'aurait pas trouvé. Le mot n'existe pas.

Au moment de rentrer au bungalow, elle se colla à son oreille et lui chuchota :

— Je veux faire l'amour sur le sable.

Ils s'enfoncèrent dans l'obscurité de la plage. Ils croisèrent d'autres amoureux, des joueurs de guitare au clair de lune, quelques poètes égarés, couchés nus, et une vieille qui promenait son chien. Ils se cachèrent au coin d'une dune et recommencèrent à se caresser avec le même désir. Leur seul sursaut qui ne fut pas d'amour fut à l'apparition soudaine d'une lampe torche. Jo se redressa et cria :

— Barrez-vous les mateurs !

L'homme qui tenait la lampe lança dans un éclat de rire :

— T'énerve pas, garçon ! C'est pas ça qui m'intéresse. Ton trésor a vraiment l'air magnifique, mais moi j'en cherche un autre.

Et il passa devant eux sans un regard en poussant devant lui son détecteur de métaux. C'était un fouilleur de plage. Un de ces explorateurs de sable à la recherche de la moindre pièce, de la moindre bague que les baigneurs du jour auraient pu perdre ou oublier. Chaque nuit, il y en avait toujours deux ou trois qui sondaient méticuleusement chaque parcelle pour y dénicher un pécule substantiel.

— T'as entendu, il a dit que j'étais magnifique, gloussa Rosa en posant ses seins sur sa bouche.

— C'est pour ça que moi, je te perdrai pas.

Et ils terminèrent leur étreinte par le énième orgasme de Rosa. Soudain, il leur sembla entendre une musique. Rosa, les yeux fermés, murmura :

— Décidément, y a tout.

Jo rampa jusqu'au sommet de la dune et jeta un œil de l'autre côté. Il se retourna vers Rosa, et dit :

— T'as raison, on est bénis.

À une trentaine de mètres, sur un parking, il y avait quatre caravanes gitanes. Le son des guitares venait de là. Et puis des chants, des claquements de mains. Djobi, djoba... De l'amour... Encore de l'amour.

Il y a des nuits comme ça.

Pourquoi faut-il qu'il y ait un lendemain ?

Une nuit suivante.

Après une journée presque aussi belle que la précédente.

Ce fut un cauchemar. Un vrai. Terrible. Avec une violence extrême et du sang qui dégoulinait d'un manège de chevaux de bois. Assis sur les montures, il y avait tout le monde. Les Counil, l'auto-stoppeur, le dragueur des parkings, Jérôme et son beau-père, Rosa, Édouard, Hugo, Eusebio, Roland et même Loulou. Ils tournaient, décapités les uns après les autres par une main gigantesque. Jo se réveilla en sueur. Sa main commençait à se tétaniser. Il y eut le voile rouge et la voix s'insinua.

« Il faut se venger... Ton arme... Ne pas se faire prendre. »

C'était la première fois que la pulsion le submergeait dans son sommeil. Comme déclenchée par le cauchemar. La conscience toujours scindée en deux, il se dressa et sauta du lit. Rosa sursauta à son tour.

— Qu'est-ce qui se passe ? Tu es malade ?

— Non, c'est rien, répondit Jo. Ça doit venir du manque de cigarettes. Je suis à vif... Je vais sortir faire un tour, ça va me calmer.

— Tu veux pas plutôt en rallumer une ?

— Non, il faut que je tienne. Ne t'en fais pas. Dors.

Rosa soupira, se retourna et se rendormit presque instantanément.

En quittant le bungalow, Jo pestait intérieurement :

— C'était trop beau ! Hier, le bonheur absolu, et là, la saloperie qui recommence.

Il leva les yeux vers le ciel et son Dieu hypothétique en grognant dans ses dents :

— Mais putain, qu'est-ce que j't'ai fait ?

Il shoota de rage dans une chaise de jardin, et partit vers la plage. Il eut tort. Pas de partir vers la plage, mais de shooter. Dieu est censé être partout, mais dans une chaise de jardin, ce n'est pas très crédible. Il refit le chemin qu'il avait fait la veille avec Rosa. Son idée était simple. Il la réalisa d'ailleurs avec une facilité étonnante qui le surprit lui-même. Presque comme un « pro », se dit-il après.

Il mit assez peu de temps à trouver ce qu'il cherchait. Il repéra un fouilleur de plage presque au même endroit que la veille. Le même ? Quelle importance ? Son œil aiguisé ne lui désigna aucune présence significative. Si ce n'était un couple au loin, couché dans le sable. Certainement plus occupé à s'embrasser qu'à détailler le panorama. Il frappa la nuque de l'homme une fois seulement. Et puis, avec une rage soigneusement contenue pour éviter un trop grand bruit, lui défonça la tête avec son détecteur de métaux. Tout s'arrêta très vite. La voix, le voile et la tétanie.

Ça avait été bref, précis. « Pro », quoi !

« Ne pas se faire prendre... »

Il jeta un coup d'œil rapide à sa victime pour détailler ses vêtements. Il arracha la banane qui pendait à sa ceinture et l'ouvrit. Il avait trouvé du premier coup ce qu'il cherchait. Le trésor ridicule. Quelques pièces de monnaie, un bracelet de peu de valeur et une chevalière. Il les glissa dans la poche de son blouson et monta tranquillement vers le haut de la dune. Il prit soin de bien enfoncer ses pieds dans le sable pour faire de belles empreintes dans la bonne direction. Il s'avança de quelques mètres de l'autre côté et, quand il fut à une distance jugée suffisante, il balança la banane vers les caravanes. Elle tomba à deux mètres des roues de la plus proche.

— Quand on n'a pas de chance, on n'a pas de chance ! dit-il, cynique, pour lui-même.

Puis il redescendit de la dune en marchant à l'envers jusqu'au cadavre, et partit vers le bord de mer qu'il entreprit de longer pour rentrer au bungalow. En jetant un dernier coup d'œil derrière lui, par-dessus son épaule, il se parla à haute voix :

— Ils sont cons ces fachos ! Si y a plus d'Arabes ni de gitans, ils feront porter le chapeau à qui, les honnêtes gens qui font des saloperies ?

Il rentra dans le bungalow sans allumer la lumière et s'enferma dans la salle de bains. Il mit à tremper dans la baignoire son jean et son tee-shirt à peine tachés de sang. Ensuite, il passa dix bonnes minutes à récurer, avec la brosse à dents, sa montre qui, elle, en était maculée jusque dans les moindres recoins du bracelet. Il en profita pour, encore une fois, la remettre à l'heure.

C'est à ce moment-là que Rosa tapa à la porte. Il ouvrit. Elle s'étonna :

— Tu fais la lessive à cette heure-là !

Il lui fit son plus beau sourire et répondit :

— Je me détends comme je peux.

Elle disparut sans un mot, puis revint presque aussitôt avec une cigarette qu'elle lui mit de force entre les lèvres, en disant :

— S'il te plaît... Je préfère ça.

Il laissa échapper :

— C'était pourtant une bonne occasion d'arrêter vraiment. Mais bon, comme ça n'a aucune influence, je peux m'y remettre.

Elle fronça les sourcils.

— Une influence sur quoi ?

— Sur rien... Sur rien.

— Comment ça, rien ?

Et comme tout bon menteur, il trouva immédiatement la parade :

— Sur l'amour que j'ai pour toi... Quelle que soit la fumée dans mes poumons, ça n'empêche pas, à côté, mon cœur de battre comme il n'a jamais battu.

Et il la suivit dans la chambre en se maudissant. Emporté par sa nouvelle intimité fusionnelle, il avait manqué de vigilance. Mais, bon, ça ne prêtait pas à conséquence. Mais il se dit qu'il fallait éviter de renouveler ce genre de dérapage, même infime. Il était hors de question que Rosa soupçonne quoi que ce fût. Et quels que soient l'amour infini et la confiance qu'il avait en elle, il était également absolument inenvisageable qu'il la mette dans la confidence. Et à plus forte raison maintenant qu'elle voulait devenir la mère de son enfant.

Il ne ferma pas les yeux tout de suite. Il pensa évidemment à son carnet. Cette fois, il ne pourrait éliminer que : « La dernière cigarette avant. » Puisque tous les autres points de concomitance avaient été du cauchemar qui avait précédé la pulsion, ou avaient participé à la pulsion elle-même : Les chevaux (de bois). Rosa et les Counil sur le manège. Et après, l'homme inconnu sans mobile, la nuit. La seule lueur d'espoir qu'il entrevoyait était que l'espace-temps s'était agrandi entre les meurtres. Une semaine entre les trois premiers et là, plus d'un mois. Peut-être était-il tranquille pour un bon laps de temps ?

Il se trompait.

Il tuerait à nouveau.

Le lendemain.

Le vendredi 17, le soleil était voilé. Rosa partit quand même à la plage. Jo préféra rester au bungalow.

— C'est là qu'on bronze le mieux, avait insisté Rosa.

Jo avait répondu :

— Je préfère rester à l'ombre. Tranquille. J'en ai un peu marre du monde et des cris des gosses.

Elle l'embrassa tendrement en lui murmurant à l'oreille :

— Il faudra bien que tu t'y habitues.

Et elle disparut, splendide dans son paréo bariolé. Jo se posa devant la télé. La fenêtre rassurante. L'exutoire en trois D. Il ne suffit pas qu'il fasse beau ici, encore faut-il qu'il pleuve ailleurs. Il est tellement réconfortant d'étalonner son petit bonheur à la cruauté universelle que nous déversent en boucle les infos. Il zappa en se disant machinalement qu'il valait mieux éviter de tomber sur le tiercé. Et puis il sourit en s'apercevant que son raisonnement était totalement ridicule. Non seulement, si prochain meurtre il y avait, ce ne serait probablement pas de sitôt, chevaux ou pas. Et surtout, on était en plein jour, donc, il ne pouvait rien se passer.

À peine avait-il chassé cette pensée que la main commença à se tétaniser. Et tout recommença. À quatorze heures. En pleine journée ensoleillée. Le voile rouge sur ses yeux était encore plus net. La voix toujours aussi lancinante. Sans l'ombre d'une hésitation, il se leva et se dirigea vers le bungalow de Raymond. Il eut juste le temps de se dire qu'il venait de changer de classification. Il n'était plus meurtrier, mais assassin.

Il appliqua à la lettre le plan qu'il avait échafaudé quelques jours avant et qui l'avait tant torturé. Là aussi, un seul coup suffit sur la nuque de Raymond assoupi dans son fauteuil. Et il le pendit à la poutre « comme prévu ». Il se surprit juste à coucher le cadre dans lequel Maryse souriait. Comme pour qu'elle ne le voie pas… Un soupçon d'humanité ?

Quand Rosa rentra vers dix-huit heures, le cendrier était plein à ras bord.

— Eh ben, dis donc, tu te rattrapes ! lança-t-elle avant de disparaître dans la salle de bains.

Quand elle ressortit, il finissait de mettre le couvert sur la terrasse. Il dit, avec l'air le plus innocent possible :

— J'ai ajouté une assiette. Je me suis dit que ce serait bien d'inviter Raymond. Tu vas le prévenir ?

— Super idée ! J'y cours.

Il ne fit plus un geste en attendant le cri. Il fut terrible. Il en eut un haut-le-cœur. Pas pour ce qu'il avait fait, mais d'en avoir imposé la découverte à Rosa. Mais ça faisait partie des précautions obligatoires.

Ils ne passèrent à table que trois heures plus tard. Le temps des formalités. Ils avaient témoigné aux policiers de l'infinie détresse de Raymond. Tout s'était passé comme il l'espérait. Un malheureux suicide. Il aurait dû se sentir tranquille, mais une sale douleur sournoise commençait à le ronger. Comme une « poigne » supplémentaire. Mais, là, il en connaissait la raison.

En attendant le retour de Rosa, il était allé chercher dans sa voiture son carnet qu'il avait caché sous la moquette du siège avant. Et en numérotant à nouveau les indices lui était apparue une évidence terrible. Il avait rayé : « homme inconnu », puisque Raymond était un ami. Et puis « chevaux » puisque à aucun moment, de près ou de loin, il n'y en avait eu la moindre présence. Évidemment, il avait supprimé « nuit ». La cigarette ayant été éliminée par le fait qu'il ne fumait plus au moment du meurtre précédent, il ne restait plus que trois options :

1) Les Counil.

2) Homme. Sans mobile.

3) Rosa.

Un résumé s'imposait : une pulsion irréversible le poussait à tuer des hommes sans aucune raison avec un cérémonial parfaitement réglé et immuable. La cause ne pouvait se trouver que dans une réminiscence de la période où il vivait chez les Counil, ou elle était liée à la présence de Rosa. Bien sûr, il était possible qu'il soit totalement hors sujet et que ce qui nourrissait son abominable cauchemar soit étranger à ses suppositions. Mais l'urgence était d'avoir une certitude au sujet de Rosa. Et il n'y avait qu'une solution : la rupture et l'éloignement.

En se remémorant tout, il en avait conclu qu'elle avait été omniprésente. Il avait trente-deux ans. Trente-deux ans sans la moindre velléité meurtrière. Il ne connaissait Rosa que depuis quelques mois quand les pulsions avaient débuté. Et elle était partout. En cœur de tissu rouge dans la cabine du camion où il avait tué pour la première fois. À quelques mètres de lui quand avait débuté la pulsion du mariage. En dernier SMS pour celle de l'aire de repos. Et pour les deux derniers meurtres au plus près de lui.

Cette nuit-là, pour la première fois, il lui fit mal l'amour. Une panne qu'il expliqua par le choc psychologique du suicide de Raymond. Rosa comprit parfaitement. Mais la véritable raison n'était pas là. Il avait décidé de rompre. À contrecœur. Et à contre-corps donc. Les peaux qui se descellent, c'est toujours le premier signal de rejet quand la greffe ne prend plus.

Son raisonnement était encore une fois très simple : il allait s'éloigner totalement d'elle. Même au dépôt, il serait facile de l'éviter. Si les meurtres cessaient, ce serait la preuve de son influence. Il en garderait un chagrin d'amour qu'il imaginait immense, mais il sortirait définitivement du cauchemar. À choisir, il préférait ça. Il serait terriblement malheureux, mais libéré d'un poids bien plus insupportable. En revanche, et c'est ce qu'il souhaitait plus que tout, s'il lui arrivait de tuer à nouveau, c'est que sa présence n'y était pour rien. Il pourrait alors revenir vers elle et tenter de redémarrer l'histoire. L'amour qu'elle avait pour lui et dont il ne doutait pas ferait le reste. Il serait temps de chercher encore et encore d'autres pistes responsables de sa folie meurtrière.

Il fallait maintenant trouver le prétexte. Une faute, un reproche. Mais lui reprocher quoi ? Elle était belle, agréable, amoureuse, et elle venait de lui promettre une preuve indéfectible de son amour. Si on veut tuer son chien, on l'accuse de la rage.

Mais quelle rage ?

Il passa la journée entière du lendemain à tourner et retourner ses neurones dans tous les sens, rien ne venait. Et comme pour l'enfoncer un peu plus dans le doute, elle lui susurrait à la moindre caresse des phrases d'amour, des projets d'avenir merveilleux.

C'est un coup de téléphone qui déclencha tout, pendant le dîner, dans la cuisine, la veille du départ. Et il n'eut même pas besoin d'inventer une raison. Elle s'imposa d'elle-même. Quand le portable vibra, Rosa s'en saisit et se leva pour s'éloigner un peu. Jo tendit l'oreille :

— Oui… Bonsoir… Non… Oui, bien sûr… Oui, c'est ça… Je rentre mardi… Tout à fait… Moi aussi.

Elle revint s'asseoir. Le « moi aussi » avait interpellé Jo. Et il l'avait sentie très gênée. Il demanda :

— C'était qui ?

— Rien… Ma mère.

Elle baissait les yeux comme pour fuir son regard. Jo, brutalement, saisit le téléphone. Alors qu'elle se précipitait sur lui, il eut le temps d'afficher l'appel reçu. Il se figea.

— Édouard ?

— Rends-moi ça tout de suite, hurla Rosa en lui arrachant le téléphone des mains.

— C'est quoi ce cinéma ? cria Jo.

— Quel cinéma ? C'est le patron qui m'appelle parce qu'il veut savoir quand je rentre. Je sais pas si tu es au courant, mais j'ai un travail et, avec le contrôle fiscal, on a besoin de moi.

— Et bien entendu le patron appelle sa petite aide-comptable sur son numéro personnel pendant ses vacances. Ben voyons ! Et la petite aide-comptable sur son téléphone n'a pas rentré « M. Lavoie », mais « Édouard ». Et elle s'écarte pour répondre pour que son connard de mec n'entende rien. Et elle finit par « moi aussi ». C'était quoi ? « Je t'embrasse » ou « je t'aime » ?

Rosa serra les dents, et se tut un long moment, le regard dans le vide. Jo, debout face à elle, lui hurla :

— Alors… J'attends !

Rosa hésita encore, et se lança d'une voix calme, sans le regarder :

— J'ai dit que c'était ma mère parce qu'on a encore deux jours ici, loin de tout, et que je voulais pas qu'on parle de boulot. J'ai jamais été aussi bien, Jo. Je vis un rêve, et je voulais pas atterrir trop vite. Quant à mon portable, j'ai mis « Édouard » parce que tu sais très bien qu'il veut qu'on l'appelle comme ça et surtout pas patron. Et enfin, il m'a dit qu'il avait passé de bonnes vacances, alors j'ai répondu : moi aussi.

Ça se tenait. Jo la croyait. Bien sûr qu'il la croyait. Mais il fallait absolument qu'il saute sur l'occasion. Il hocha la tête et se lâcha avec une grossièreté inhabituelle :

— Et moi je dis que tu me prends pour un con ! Maintenant, je sais pourquoi tu veux pas que je vienne chez toi. Parce que t'es sa pute. Vu la femme qu'il a, il aurait tort de se gêner. J'aurais dû m'en douter quand je l'ai croisé dans ton chemin. Solidaire mon cul, oui ! Il était venu te sauter. Il a le pognon et les salopes, ça court les rues. Alors il t'a installée à portée de bite. C'est à gerber ! J'espère qu'il te paye cher. Tu mérites.

Rosa ne bougeait pas. De grosses larmes roulaient sur ses joues. Il porta le coup de grâce :

— Remarque, ça a un avantage : en suçant un vieux, t'es sûre de pas tomber enceinte !

Elle releva juste les yeux pour les planter dans les siens avec une infinie tristesse. Puis elle se leva en titubant un peu et partit dans la chambre, sans un mot, pour ranger ses affaires. Jo sortit sur la terrasse, s'assit et alluma une cigarette. Il refoula ses larmes le plus longtemps possible. Jusqu'au moment où il entendit le 4 × 4 de Rosa démarrer.

Pour la première fois depuis le début de cette histoire cauchemardesque, il envisagea le suicide. Tout ça devenait de plus en plus insupportable. Et puis, il se reprit très vite. Rosa n'était pas perdue, elle était juste « en attente ». Il commença à préparer les excuses qu'il devrait lui faire si elle n'était pour rien dans les meurtres. Contrairement aux autres fois, il souhaitait de toute son âme que la pulsion revienne. Le plus vite possible.

Le calvaire ne durerait que trois semaines.

Après, ça redeviendrait un cauchemar seulement.

Toujours le même. Mais jusqu'à quand ?

CHAPITRE 5

Julius

10 septembre 2012.

Six heures du matin à n'importe quelle montre qui n'avance pas.

C'était le début d'une partie de pêche banale. Le brouillard de septembre couvrait le lac d'un manteau blanc magnifique. On aurait cru une étendue neigeuse. L'esplanade où s'était garé Jo surplombait la vallée. Le paysage était superbe. La journée s'annonçait formidable. Enfin, vue côté Jo. Parce que côté carpes, pour certaines, ce serait la dernière avant la mise à mort. Métaphore taurine employée à dessein. Parce que les amis des animaux paraissent bien sélectifs dans leurs indignations. Un leurre, un crochet qui vous déchire la bouche pour vous envoyer mourir d'asphyxie dans un panier en osier, n'est-ce pas d'une cruauté extrême ? Pourtant, les manifestations anti-« pêcheurs du dimanche » sont plutôt rares. Peut-être parce que le public ne paye pas pour applaudir. Il suffirait donc à la barbarie qu'elle ne soit pas un spectacle pour mériter l'indulgence ? Bonne nouvelle pour les bourreaux dans l'ombre !

Mais revenons au site enchanteur et à la journée de rêve.

L'ignoble peut bien attendre puisqu'il est indéfectible !

Sur le terrain vague qui servait de parking, le pêcheur stationné à côté de Jo était déjà à pied d'œuvre. Ils échangèrent quelques mots sur le temps, et leurs petits trucs pour appâter. Puis Jo regarda disparaître lentement l'homme en ciré noir dans la sente étroite qui descendait au lac. Il pria qu'il ne lui vole pas son coin préféré, cent mètres plus bas sur la droite, juste à côté de la grosse souche morte.

La pulsion lui fit lâcher la canne à pêche qu'il venait tout juste de sortir de son coffre. Toujours la tétanie, le voile et la voix. Indissociables. Au hasard d'un trou dans les feuillages, il aperçut la capuche du pêcheur, une dizaine de mètres en contrebas. Le chemin était périlleux, et l'homme avançait à pas prudents.

— Eh, m'sieur ! cria Jo.

L'écho lui renvoya sa voix et, quelques secondes plus tard, celle de l'homme :

— Qu'est-ce qu'il y a ?

— Attendez-moi !

Il se chargea à la hâte de tout son attirail de pêche et dévala la sente. Arrivé à la hauteur du pêcheur, il se fendit d'un grand sourire.

— Excusez-moi, mais je viens de m'apercevoir que j'ai oublié mes plombs. Vous pouvez m'en prêter quelques-uns ?

— Bien sûr, fit l'homme, en commençant à fouiller dans son sac de toile

Jo le frappa trois fois. Au premier coup, le pêcheur avait juste titubé. Au deuxième, il avait même tenté de se défendre. Un coriace. Le dernier coup lui fit dévaler la pente de cinq ou six mètres. Quoi de plus naturel qu'une chute malencontreuse dans ce petit goulet sinueux et escarpé ? Jo s'approcha. La tête avait heurté un rocher. Du sang coulait des oreilles. Il ne prit même pas la peine de lui tâter le pouls. Il était trop pressé de remonter. Son cœur battait à tout rompre. Pas de stress, mais de bonheur.

Il allait enfin pouvoir retrouver Rosa.

Il avait tué sans aucune marque de sa présence. Contrairement à ses habitudes de méticuleux, il lança tout son matériel en vrac dans le coffre de sa voiture. Ce n'est qu'en s'asseyant au volant qu'il se rendit compte que la pulsion durait encore. Tout au bonheur de retrouver enfin Rosa, il ne s'en était même pas aperçu. Sa main était toujours tétanisée. Et la voix bien présente.

« Ne pas se faire prendre… Se venger. »

Le pêcheur était donc vraiment un coriace. Il ressortit de sa voiture et se précipita dans le chemin en courant. Au bout de sa folle descente, il s'arrêta, statufié. Le corps n'était plus là. Le volume de la voix sembla s'amplifier.

« Ne pas se faire prendre. »

Il eut le réflexe de se boucher les oreilles. Et quand il retira ses mains, il lui sembla entendre une plainte sur la droite. Il s'avança et aperçut un bout de botte. L'homme avait roulé sous un buisson. Encore plus coriace qu'il ne l'imaginait. Il lui brisa les vertèbres en lui désaxant la tête d'un coup brusque. La pulsion cessa. Il n'avait pas besoin de lui tâter le pouls, mais il le fit quand même. C'était fait.

Et de six !

En remontant la sente, son regard fut attiré par un éclat de lumière. Il se pencha, se figea, et eut un frisson de peur rétrospective. Son bracelet-montre, brisé en deux, était là, à peine visible sous un amas de mousse. Il soupira :

— Putain, je l'ai échappé belle !

C'était la première fois qu'il aurait laissé une trace. Effectivement, il était passé tout près de l'erreur fatale. Avant de le glisser dans sa poche, il ne put s'empêcher d'embrasser le cadran. Comme s'il remerciait celle qui le lui avait offert, Julietta la voyante. Il fit quelques pas, puis se figea à nouveau. Il ressortit la montre et l'observa. Elle avançait encore. Et pourtant il l'avait remise à l'heure avant de se coucher, la veille. Un frisson de satisfaction le parcourut. Il venait peut-être d'identifier le véritable indice.

Et, d'un coup, tout lui revint en mémoire. Comment avait-il pu passer à côté de ça ? Après chaque meurtre, la montre avançait. Il y avait forcément un lien. Et puis une autre illumination : les Counil étaient horlogers ! Ça ne pouvait être que ça. La clé était certainement là. Il ignorait de quelle manière, par quel recoupement, mais il y avait de fortes chances.

En quelques secondes, il établit son plan : récupérer sa Rosa et faire avec la montre le même « test » que pour elle. En bien plus définitif. La montre, il pourrait s'en passer. Il démarra et rejoignit la départementale qui menait au lac.

Cinq kilomètres plus loin, un pont surplombait la rivière qui l'alimentait. Il s'arrêta, rejoignit le parapet et lança la montre dans le vide. Il eut un petit pincement au cœur quand même en repensant à Julietta. Celle qui lui avait promis un destin hors normes. L'avenir lui apprendrait qu'il était inutile de se débarrasser de ce cadeau auquel il tenait tant. Il lui apprendrait aussi qu'il n'était qu'aux prémices de son destin hors normes annoncé.

Pour l'instant, tous les détails annotés avaient eu trait à des éléments bien ordinaires. Des petites choses de tous les jours. Comme dans un inventaire à la Prévert, on y trouvait pêle-mêle un café, une chanson de Cloclo, une plage d'été, une cigarette, un ponton, un routier pas sympa, un veuf, un pêcheur, un détecteur de métaux, etc.

Il ignorait qu'il faudrait y ajouter la guerre en Irak, des armes lourdes, un château, une fortune sur un compte au Panamá, une Ferrari, une villa en Suisse, une perversion d'une cruauté rare, et surtout un secret bien lourd… Trop lourd.

Mais ce serait pour plus tard.

Bien plus tard.

Après le treizième meurtre.

Dans le miroir de sa salle de bains, Jo se souriait enfin. Dans quelques heures, il allait tenter de récupérer Rosa. Il venait de passer trois semaines épouvantables. Il avait tout fait pour ne même pas l'apercevoir. Sa chambre était débarrassée de tout ce qui aurait pu l'évoquer. Le petit cœur rouge bien sûr, mais aussi un tee-shirt d'elle dont il respirait l'odeur avant, quand il arrivait qu'il ne la voie pas pendant plus de deux jours. Il avait jeté les tasses à café dans lesquelles elle avait bu, les serviettes de bain dont elle s'était enveloppée après la douche. Même son numéro de portable avait été effacé. Tout. Absolument tout ce qui pouvait avoir un rapport avec elle avait été banni.

La première chose qu'il avait faite en rentrant de la « pêche » avait été de la rayer du carnet. Et il passa le reste de la journée couché sur son lit, les mains derrière la tête. Il répéta et répéta encore les mots qu'il allait employer, ce soir, quand il irait la voir. Les explications, les excuses. Seul un coup de fil de Jérôme vint interrompre sa préparation.

— Ça va ?

— Ça va, répondit Jo.

— J'arrive de Belgique. Avec trois heures de retard, mais je suis là. J'ai été bloqué à cause d'un accident. D'ailleurs, j'ai un bonjour à te donner.

— De qui ?

— Du mec qui était bloqué juste devant moi. On a discuté pendant une demi-heure. Un type super sympa, un certain Roland.

— Ah...

— Il m'a dit que tu te souviendrais sûrement de lui. Comme il a vu que j'étais un « Lavoie » comme toi, il m'a demandé de te faire une commission.

Jo se racla la gorge et demanda :

— Laquelle ?

— Il m'a dit : « Dis-lui que les affaires marchent. J'en ai surgelé deux de plus, il comprendra... » Il parlait de quoi ?

Jo balbutia :

— De rien... de rien... Je t'expliquerai.

Il y eut un silence. Jérôme demanda :

— Tu trafiques rien de louche, Jo ?

Jo s'emporta :

— Ça va pas, non ?

— Ah bon, tu me rassures... Allez, ciao !

Jérôme était donc rassuré. Jo de moins en moins. La « commission » de Roland apportait un peu plus à son stress. Depuis quelques jours, la « poigne » l'enserrait de plus en plus. Et pas seulement en raison du manque de Rosa. Il avait le pressentiment qu'il allait se faire prendre. Chaque nouveau meurtre ajoutait un palier à son angoisse. Comme un vertige de funambule. Il était sans arrêt sur le fil. Avec l'oubli du bracelet-montre, il était passé tout près du précipice. Il avançait encore sans dommage, en équilibre instable.

Mais jusqu'à quand ?

Il attendit que la nuit tombe pour se rendre chez Rosa. Il voulait être sûr de la trouver. Elle allait parfois au restaurant avec une copine le week-end. Les soirs de semaine, elle rentrait régulièrement dîner chez elle. On était mardi, elle serait sûrement là. Il se gara assez loin de la maison et fit les derniers cent mètres à pied. Pour mieux se détendre en marchant. Son cœur battait si fort. C'est seulement à une vingtaine de mètres de la maison qu'il identifia la masse sombre garée devant le perron. Il s'arrêta net et serra les poings.

La Mercedes d'Édouard.

Il s'écarta du chemin, se cacha derrière un arbre et attendit. Une goutte de sueur roula sur sa tempe. La moiteur de ce septembre encore exceptionnellement chaud, probablement. Ou alors la terrible prémonition qu'il allait découvrir le pire. Et si tout ce qu'il avait balancé à Rosa en prétexte était en fait la vérité ? Et si elle l'avait manipulé de bout en bout ? Et si Édouard était effectivement son amant ?

Dix minutes.

Vingt.

Une heure.

Vers vingt-deux heures, la porte s'ouvrit enfin. Rosa accompagna Édouard jusqu'à sa voiture. Il la serra dans ses bras, prit sa tête sur son épaule et lui caressa les cheveux. Un baiser appuyé et il s'installa et démarra. Jo se colla dos à l'arbre au moment où les phares balayaient le chemin. Il regarda les feux rouges de la Mercedes s'éloigner, la rage au cœur.

La tétanie ?

Non, juste une douleur tant il avait planté les ongles dans ses paumes en serrant les poings. Rosa était rentrée. Il marcha lentement jusqu'à la porte, prit une grande inspiration et frappa. Elle ouvrit presque immédiatement. Peut-être pensait-elle qu'Édouard avait oublié quelque chose ?

Il restèrent face à face un long moment sans un mot. Une goutte roula encore sur la joue de Jo. Ce n'était pas de la sueur. Rosa, posée et froide, lui murmura juste :

— Entre.

Il la suivit sans dire un mot. L'intérieur était luxueux, moderne, propre et impeccablement rangé.

— Assois-toi sur le canapé, je vais te faire un café.

Ce n'est que là qu'il se rendit compte qu'elle était nue sous son peignoir. Il n'y avait plus de doute possible. Il était à la fois bouleversé et abattu. Au point de ne pouvoir articuler une seule parole. Elle se pencha pour ouvrir un tiroir, et il aperçut la naissance de ses fesses. Il la regarda attraper la tasse avec un mélange d'envie et de dégoût. Il s'attendait à tout sauf aux mots qu'elle prononça, quelques secondes plus tard, dos à lui, en enclenchant la machine :

— Tu m'as terriblement manqué.

Jo fronça les sourcils. Il ne comprenait plus. Comment cette fille prise sur le fait pouvait-elle dire une chose pareille ? Car enfin, elle lui avait promis de lui faire un enfant, et il la surprenait dans les bras d'un homme qui aurait pu être son grand-père, et qui en fait était son amant. Le luxe de la maison si anachronique pour une petite aide-comptable lui faisait supposer que non seulement elle était sa maîtresse, mais qu'en plus il devait sûrement l'entretenir. Et elle osait lui dire : « Tu m'as terriblement manqué » ! Ou alors c'est sa vigueur qui lui avait manqué. Ses qualités d'étalon. Elle était la chose du patron, et lui son objet à elle. Son joujou. Son « sex-toy ». Oui, mais alors pourquoi les promesses de vie à deux, d'enfant ? Il en était là de ses réflexions lorsqu'elle revint avec le café et s'assit sur le fauteuil blanc face au canapé.

Il se décida enfin à parler :

— Pourquoi tu m'as fait ça ?

— Et toi, pourquoi tu es revenu ici après m'avoir traînée dans la boue ?

Il ouvrit la bouche pour parler, mais elle ne lui en laissa pas le temps.

— Je sais ce que tu vas répondre. Que tu avais raison. Que je suis sa putain parce que tu viens de le voir sortir et me serrer dans ses bras. C'est pas la peine. Tu risquerais de gâcher ce qui peut encore être sauvé.

Elle se leva brusquement et alla attraper sur un meuble une photo encadrée où Édouard et elle posaient ensemble, souriants. Elle la lança violemment sur Jo en disant :

— Tu vois, Jo, ce bonheur-là, avec ou sans moi, je te le souhaite... C'est beau, un père et sa fille, non ?

Jo était abasourdi. Il balançait entre une immense gêne et un dégoût profond. Mais de lui-même cette fois. Ainsi, c'était donc ça, le secret de Rosa. Une histoire de famille aux antipodes de ce qu'il était allé imaginer. Elle se mit à lui raconter tout dans les moindres détails.

L'aventure d'Édouard et de sa mère avait commencé, vingt-sept ans avant en Alsace. Il venait tout juste de se marier quand ils s'étaient rencontrés. Il n'avait pas encore monté son entreprise. Il travaillait pour une boîte qui l'envoyait souvent livrer à Strasbourg. Rosa avait été ce qu'on appelle un « accident ». Sophie Strobel, sa mère, avait décidé de garder cet enfant né d'une passade. Un choix de vie en accord avec ce qui allait devenir sa chanson préférée de Jean-Jacques Goldman : « Elle a fait un bébé toute seule ».

Édouard s'était toujours tenu au courant de chaque étape de la vie de sa fille cachée. Enfant, Rosa n'avait que des souvenirs flous de ce « cousin » qui passait une ou deux fois par an par la maison de Colmar, les bras toujours chargés de cadeaux. Dès que les affaires avaient été florissantes, il avait tenu à assurer leur tranquillité financière. Sophie avait fini par accepter, mais après bien des tractations. Elle ne s'était jamais mise en couple et s'était fait un point d'honneur de ne jamais rien réclamer. Leur deal était sans ambiguïté. Ils avaient l'un pour l'autre une tendresse et une estime sans faille.

Et puis, un peu plus d'un an plus tôt, il y avait eu une réunion à trois. Sophie et Édouard avaient décidé d'un commun accord qu'il était temps de tout avouer. La vérité n'avait pas traumatisé Rosa. Au contraire. La révélation de ce « père tout neuf » avait été un bonheur. Il lui avait proposé de se rapprocher de lui au plus près. Elle aurait un travail dans l'entreprise et des conditions de vie le plus confortables possible. La seule contrepartie serait le secret absolu. Elle reviendrait aux vacances et à Noël. Sophie, parfaite comme elle l'avait toujours été, y avait seulement vu l'intérêt de sa fille. C'est la marque des vraies mères de s'oublier totalement pour le bonheur de leur enfant. Ce qu'on appelle l'amnésie généreuse.

— Et elle n'est pas si fréquente, cette amnésie-là, conclut Rosa.

Jo, les larmes aux yeux, murmura :

— Pardon, Rosa.

Elle reprit, comme pour éliminer le moindre doute :

— À Marseillan, il m'appelait juste pour me dire que je lui manquais et que...

Jo l'interrompit, la voix désespérée.

— C'est bon, ça va, j'ai compris.

Il se leva péniblement. Il se sentait lourd, presque sans forces. Il se dirigea vers la porte. Elle le suivit des yeux sans un mot. Au moment où il l'ouvrait, elle dit :

— Je ne t'ai pas menti, Jo. Je t'aime vraiment.

Il se retourna.

— Vraiment ?

— Oui. Mais là, il va me falloir du temps. Tu m'as affreusement blessée. Il faut que je cicatrise.

Jo la regarda sans dire un mot. Elle ajouta :

— Mon père tient absolument à ce que personne ne soit au courant. Je peux compter sur toi ?

— Évidemment.

Elle reprit :

— Avec le temps, je trouverai peut-être le courage de lui parler de ce qu'il y a entre nous. En attendant, ne reviens ici sous aucun prétexte, même le plus grave. Et puis qui sait ? Moi aussi, j'aurai l'amnésie généreuse.

Malgré le manque, Jo dormit mieux cette nuit-là. Ses meurtres passaient presque au second plan. Et les mois qui suivirent lui parurent moins lourds que les mois passés. Il était certain que le temps lui ramènerait Rosa. Sinon, elle l'aurait renvoyé sans déclaration d'amour et sans espoir de pardon. Et c'était ça le plus important.

Quant aux meurtres et à leurs explications éventuelles, il avait décidé de changer totalement de méthode. Il brûla son carnet, en se disant que les choses étaient ainsi et qu'il ne servait à rien de chercher à les comprendre.

Sa fausse piste sur le comportement de Rosa avait été un déclic. À présent, il laisserait se dérouler les événements sans questions obsédantes. Sans échafaudages de concordances qui finalement ne menaient à rien. Il s'en voulait même d'avoir été aussi infantile. D'avoir joué les « Inspecteur Gadget » dans une tragédie d'adulte. C'était un serial killer. Un point c'est tout. Il ne lui restait plus qu'à souhaiter, comme il l'avait souvent fait, que tout ça s'arrête comme c'était venu.

Sans raison.

Et pourtant, il y en avait bien une !

Dans trois mois, il allait la connaître.

Entre octobre et novembre, Jo ajouta cinq meurtres à sa liste. Toujours « merveilleusement » gérés. En « pro ». La routine, quoi ! C'était certainement le seul point positif : sa faculté incroyable à toujours trouver une solution pour ne pas se faire prendre. Il se demandait parfois d'où pouvait lui venir cette ingéniosité. Cette fulgurance à prendre la bonne décision en n'oubliant aucun détail susceptible de le confondre. L'hérédité, peut-être. Ceux qui l'avaient abandonné avaient-ils des qualités intellectuelles supérieures ? Il n'avait jamais cherché à le savoir. Mais parfois, il se prenait à rêver d'un autre destin. Dans une famille « normale », peut-être aurait-il été médecin, chercheur, ingénieur ?

Malheureusement, il était seulement routier, et « accessoirement » tueur en série.

Le cauchemar lui pesait toujours autant, mais le stress de se faire prendre était retombé d'un cran. Il se sentait mieux. Presque comme avant septembre. La mauvaise période loin de Rosa n'était qu'un mauvais souvenir. Il la croisait parfois dans les bureaux. Elle lui souriait en faisant « non » de la tête avec un air désolé. Elle n'était pas encore guérie. Mais chacun de ses sourires entretenait l'espoir. Jo était certain que la vraie réconciliation était pour bientôt.

En octobre, il tua trois fois.

Deux meurtres et un « assassinat ».

Un soir de vadrouille avec des copains dans Limoges, il avait repéré un SDF dans une petite rue du centre-ville, couché dans un renfoncement. Quelqu'un avait dit qu'il le connaissait. Un brave type sans histoire que la police et le voisinage laissaient tranquille. Ce renfoncement, c'était sa « maison », en quelque sorte. Il n'en bougeait que le jour. Jo avait immédiatement anticipé un scénario au cas où la pulsion le prendrait chez lui, dans son appartement. L'agression d'un clochard, c'est du tout-venant. La société a ses codes de compassion. Il est moins grave d'avoir enfin les deux pieds dans la tombe pour quelqu'un qui en a déjà un dedans depuis longtemps. Ce serait un jeu d'enfant. Et ce fut un jeu d'enfant dans la nuit du 9 au 10 octobre.

Le huitième meurtre eut lieu en Espagne.

Les transports Lavoie s'étaient internationalisés depuis longtemps. Jo avait pour habitude, à chaque voyage, de faire une halte dans les bordels de Figueras. Il faut bien que le corps exulte. Il était « hygiéniquement » important d'épancher ses besoins en attendant Rosa. Il ne voyait personne d'autre. Les prostituées, c'était sa fidélité à lui. Comme beaucoup. Au fil de ses escapades, il avait lié des connaissances plus ou moins louches.

José, un petit trafiquant de came, lui avait proposé de passer de la cocaïne dans des caisses d'ail surgelé. Une méthode éprouvée. Les chiens des douanes y perdaient leur flair. Mais Jo avait toujours refusé.

Quand la pulsion l'envahit, le soir du 22 octobre, il demanda à José :

— Tu peux me rejoindre discrètement dans mon bahut sur le parking ?

— Ça y est. Tu t'es décidé ?

— Non, mais j'en ai besoin pour ma consommation personnelle. Tu as sûrement ce qu'il faut.

— Pas de problème, amigo. Mais pas sur le parking. Trop dangereux. Après le carrefour dans le petit chemin à droite. Dans une demi-heure.

C'était parfait. Sans le savoir, José avait ajouté une précaution de plus à l'impunité de son propre meurtre. Sans le savoir non plus, sa frime en compléterait la perfection. Chaque fois qu'il avait croisé Jo, il avait ostensiblement laissé voir le pistolet planté dans sa ceinture, comme le font les petits voyous sans envergure un peu trop sûrs d'eux. Après l'*atemi*, Jo poussa le souci du détail jusqu'à le finir en lui mettant une balle dans la bouche avec cette arme-là. C'était signé : un règlement de comptes entre trafiquants. Le must de l'alibi ! Il emporta quand même les quelques grammes de cocaïne. À tout hasard. Ça pourrait servir. Au cas où il voudrait maquiller un autre meurtre en embrouille de dealers.

Il ne pensait pas que ça lui serait utile aussi vite. Le 26 octobre, quatre jours plus tard seulement. Dans la zone industrielle de Nantes. Après une livraison de fruits. La victime était un vigile. Et ça n'avait pas été si simple. L'homme s'était défendu et Jo s'en était sorti de justesse. Il en était finalement venu à bout, malgré ses yeux explosés par un jet de bombe de défense. Mais bon, il l'avait tué quand même, c'était l'essentiel. Mais, vexé par la résistance de sa victime, il avait paraphé son « travail » en lui roulant sur la tête avec son camion. Et il était revenu calmement mettre dans la main du corps décapité le sachet de cocaïne espagnole.

Et après, aucun état d'âme.

Rien.

Comme si, à force d'horreur, toute son humanité avait disparu. Mais quoi d'étonnant ? Combien de dictateurs sans pitié a-t-on vus poser le soir de Noël, leurs enfants sur les genoux ? L'âme humaine ressemble à du papier d'emballage à alvéoles. Quand on commence à en crever les cloques, on ne peut plus s'arrêter. Et ça n'altère en rien sa solidité. C'est en souriant de cette étrange métaphore que Jo avait repris la route de Limoges cette nuit-là, le cœur plus léger que jamais. Et pour cause ! Rosa venait de lui envoyer un SMS : « Demain soir chez toi à 22 heures. Mais évite de me parler. Je viens juste pour faire l'amour. »

Et cela se passa exactement comme ça. Sans une parole échangée. Elle eut deux orgasmes seulement, mais d'une intensité qu'elle n'avait jamais connue. Elle se rhabilla en un éclair et partit sans se doucher.

Comme si elle avait honte d'avoir cédé aux ordres de son corps. Pour Jo, c'était l'extase totale, presque le nirvana de Marseillan Plage, le soleil en moins. Association d'idées, cette nuit-là, il rêva d'elle sur un manège de chevaux de bois. Mais seule, nue et entourée d'oiseaux. Un conte de fées.

Le premier meurtre de novembre, le 7, eut lui aussi, en cherchant bien, quelque chose d'un conte de fées. Avec dans le rôle du prince charmant un jeune motard en panne dans une route sinueuse du Massif central. Et dans le rôle du cheval blanc une Yamaha rutilante. Il était une fois un dramatique accident de circulation ! Après avoir fait mine de venir donner un coup de main au « prince » pour l'aider à réparer sa « monture », Jo avait mis fin au « conte de fées » avec une violence qu'on ne trouve heureusement jamais dans les livres pour enfants. Et puis il avait balancé les deux dans le ravin.

Pour le onzième et antépénultième meurtre de l'année, c'est un autre moyen de transport qui vint en aide à Jo. Le promeneur du soir était, comme les autres, au mauvais moment au mauvais endroit. Sur une route déserte quelque part au nord de Montauban. Un soldat en permission. Faute de guerre, il faut bien mourir quand même ! Après l'avoir tué, Jo l'avait transporté sur son dos, à travers champs, vers la voix ferrée voisine. Il l'avait jeté sur les rails sous un pont. Et l'express Paris-Toulouse avait fini la besogne.

Onze meurtres donc.

Il n'en restait plus que deux avant un début de solution. Au douzième, Jo passerait tout près du précipice.

Et le treizième serait celui de trop. Au point d'envisager d'en commettre un ultime. Le sien. On appelle aussi ça un suicide. Et tout ça à cause du hasard. Ce satané hasard qui n'existe pas, bien entendu. Mais qui le poussa à prendre un taxi à Rungis la nuit du 3 décembre. Pourquoi fallait-il que ce soit ce taxi-là ? Dieu seul le sait. Mais s'Il est amour comme on le prétend, Il doit en avoir honte.

— Vous allez où ? demanda Julius, le chauffeur guadeloupéen, à Jo, en lui souriant de toutes ses dents dans le rétroviseur.

— Où on peut trouver des filles, répondit Jo en lui rendant son sourire.

Rosa n'était venue qu'une fois, et les besoins sexuels de Jo réclamaient bien plus. Alors, en ce soir d'attente forcée à Paris, à cause des onze heures de repos obligatoire, il avait décidé d'aller chercher l'apaisement de ses envies en ville. « Paris est magique ! » chantent les supporters du PSG. C'est ce que Julius fredonna en faisant un clin d'œil à Jo. Et puis, comme tout bon taxi qui se respecte, il s'embarqua dans un bavardage de compagnie interminable. Il raconta à Jo, pêle-mêle, ses difficultés de taxi indépendant, la concurrence, la politique, le temps pourri et le coût de la vie qui ne cessait d'augmenter. Aux abords de la porte d'Orléans, il attaqua sur sa famille en montrant fièrement la photo de ses trois enfants, Lucie, Joséphine et Clémence, qui ornait son tableau de bord.

— Je sais faire que les filles. C'est pas mal pour un mec qui a été abandonné par sa mère !

— Moi aussi, j'ai été abandonné, plaça Jo, mais pour l'instant j'ai rien fait du tout.

La solidarité poussa Julius au tutoiement :

— Toi aussi, t'es de la DDASS ?

— Oui, répondit Jo.

— Remarque, c'est pas forcément un handicap, reprit Julius. Faut juste tomber sur la bonne famille d'accueil. Moi, j'ai eu la chance d'en avoir une formidable en Bourgogne. Oui, parce que je suis guadeloupéen mais...

Jo l'interrompit :

— Où ça en Bourgogne ?

— À Saulieu.

Jo explosa :

— Merde alors, Julius ! C'est moi, Jo.

Le taxi fit une embardée, puis se gara en catastrophe. Les conducteurs qui les frôlèrent balancèrent de grands coups de klaxon à ces deux hommes qui s'enlaçaient en sautant de joie. Vingt ans plus tard, Jo et Julius, les deux enfants de la DDASS, placés dans la famille

Bourdin, pharmaciens à Saulieu, n'en finissaient pas de s'embrasser sur la bande d'arrêt d'urgence.

Alors, en ce moment merveilleux de joie partagée, admettons que le hasard existe.

Et reconnaissons qu'il a bien fait les choses.

Pour l'instant...

Pour l'instant seulement.

CHAPITRE 6

Clémence

Dix jours sans incident notable. Presque dix jours de grâce au vu des mois passés. Une trêve, en quelque sorte. Un entracte. Une mi-temps. Rosa était revenue faire l'amour une fois « seulement ». Toujours sans un mot. Mais c'était déjà ça. Comme chaque période de répit, chaque jour qui passait augmentait l'espoir de la fin définitive du cauchemar. Jo allait avoir trente-trois ans le 31 décembre. L'âge du Christ, comme on dit. Enfin, à cet âge-là seulement. Peut-être l'occasion de ne plus porter sa croix. Comme un symbole. Inversé, cette fois. Mais sa couronne s'orna d'une épine de plus le 13 décembre.

La veille, son itinéraire l'avait conduit, à cause d'une déviation, sur une route étroite des Cévennes. Le froid était glacial et la route verglacée. Il passa, sans aucun souvenir, des phares éblouissants d'une voiture qui zigzaguait à la lumière blafarde du plafonnier d'une chambre d'hôpital. C'est le médecin qui lui raconta l'accident.

— Vous avez eu une chance folle.

— Ah bon, articula-t-il avec peine, soûlé par les antalgiques. Et je suis où là ?

— Comme on dit dans les journaux, à l'hôpital le plus proche.

— C'est grave ?

— Par bonheur, non. Une commotion, et le coude gauche luxé. Plus des hématomes un peu partout. Le minimum quand on voit l'état du camion. Vous avez fini dans un ravin, à six mètres seulement. Sans les arbres, c'étaient quarante.

— J'en ai pour longtemps ?

— Trois ou quatre jours. Peut-être moins, vous avez l'air costaud... Allez, pas de souci... Et si vous passez par une église, faites brûler un cierge !

Le docteur s'éloigna. Au moment de passer la porte, il se retourna.

— Ah, j'allais oublier... Votre femme a téléphoné.

Jo ouvrit de grands yeux :

— Ma femme ?

— Oui... Ou tout comme. Une certaine Rosa. Je l'ai rassurée. Elle m'a juste dit de vous transmettre que sa guérison à elle aussi était en bonne voie. Elle souffre de quoi ?

Jo sourit :

— Un petit problème au cœur, mais sans gravité.

Son voisin de chambre était un accidenté aussi. Pour lui, ça avait l'air un peu plus grave. Pour l'instant, il somnolait, la tête enveloppée dans un bandage. La journée parut à Jo une éternité. Au bout de trois heures, il se sentait parfaitement d'aplomb. Il avait encore quelques douleurs au dos, mais très légères. Jusqu'au dîner du soir, il chercha à retrouver des images de l'accident. Rien. Le trou noir.

Édouard entra dans la chambre au moment où il finissait son repas.

— Eh ben, mon gars, tu nous as fait une belle frayeur !

— Je suis désolé, monsieur Lavoie.

— Désolé de pas être mort ? lança Édouard en souriant.

— Non, pour le camion.

— C'est les risques du métier, mon gars. En plus, le connard qui t'a envoyé au tapis était bourré comme une cantine. Et évidemment, pas une égratignure. Ça va lui coûter un max !

Et Édouard resta près de lui pendant une heure, à échanger des banalités, mais surtout à le réconforter. Un vrai père. Jo se surprit à être presque jaloux de

Rosa. Elle en avait de la chance. Il comprenait mieux son intransigeance pour ne surtout pas le blesser. C'est sûr que même dans sa grande bienveillance, il devait envisager autre chose qu'un chauffeur routier ordinaire pour faire le bonheur de sa fille.

Quand il partit, Jo sentit une petite larme couler sur sa joue. Si Édouard mettait son veto, il la voyait mal passer outre. Alors, ce serait encore « un bébé toute seule » ? Il serra les dents. L'entracte était fini. Il jeta un regard au tuyau de perfusion d'analgésiques. Une chose était sûre. Quoi qu'il en fût, il ne voulait plus mourir. Pour que son fils ait un père… Lui. Cette nuit-là, il ne fit ni rêve ni cauchemar.

— Il a bon appétit, notre blessé, dit l'infirmière en lui enlevant le plateau de son déjeuner.

— Il en faut, répondit Jo. Parce que c'est pas terrible !

— Il a qu'à jeter un coup d'œil aux fenêtres d'en face. C'est le service d'oncologie. Ils sont tous en phase terminale. Jolie coupole non ? C'est un ancien casino. Mais la roulette est truquée. Les jeux sont faits, rien ne va plus ! Alors, avec un peu d'imagination, il va les trouver excellents les petits pois en carton !

L'humour si particulier des filles de salle. Blindées à force de compassion, et de drames ordinaires. Ces saintes que l'on glorifie si peu et qu'on paye si mal. La télé-réalité canonise chaque jour des insipides à la poitrine refaite et à la connerie inopérable. Les anges du dévouement se contentent de l'ombre et de la bonne conscience. Poubelle la vie ! Vivement le purgatoire que Dieu fasse le tri sélectif !

Celle-là était grosse, disgracieuse, mais son entrain et sa bonne humeur lui donnaient presque du charme. Jo mangeait assis à une tablette, face à la petite baie vitrée. Son voisin, réveillé, râlait depuis le matin. Il lança à l'infirmière :

— Et moi, je peux me lever ?

— Il vaut mieux pas.

— Pourquoi ? T'as peur que je te coure après ?

Et dès qu'elle eut passé la porte, il se tourna vers Jo et lui lança :

— Quelle salope, celle-là !

Jo ne répondit pas. Il ne répondit d'ailleurs pas de toute la journée aux multiples tentatives de dialogue. Le râleur finit par renoncer et se tourna définitivement de l'autre côté en grognant. Au repas du soir, Jo dîna encore sur la tablette. De meilleure grâce, même si la purée était aussi immangeable que les petits pois de midi. Il était de bonne humeur. L'infirmière lui avait annoncé sa sortie pour le lendemain matin. Le râleur avait réitéré sa demande pour se lever, ce qu'elle avait encore une fois refusé. Cette fois, elle avait eu droit à un : « Salope ! », bien en face, auquel elle ne s'était même pas donné la peine de répondre.

Jo regarda par la fenêtre. Dans la chambre d'en face, au service d'oncologie, une aide-soignante venait de tirer les rideaux. Peut-être la fin d'une vie. Dans quelques instants, ce serait la fin d'une autre. La pulsion arriva cinq minutes plus tard, alors qu'il avait éteint et qu'il s'apprêtait à se recoucher. Encore une fois, la victime lui avait facilité le scénario. Il fracassa le cou du râleur, puis le sortit du lit et lui tapa violemment la tête sur l'armature. L'homme s'affaissa. Au sol, il lui frappa la tête par terre, puis le redressa pour lui dévisser les cervicales. C'est à ce moment-là que la lumière s'alluma brusquement.

— Qu'est-ce qui se passe ? demanda l'infirmière.

— Il a voulu se lever, il a glissé, et il est tombé sur l'armature du lit. Putain, ça a cogné fort ! J'essayais de le relever.

— Laissez…

Et elle lui prit le pouls au cou, fit une grimace, appuya sur le bouton de son émetteur, et appela :

— Vite, préparez la salle de réa.

Jo revint s'allonger sur le lit. Le sang battait à ses tempes. Il transpirait. Parce que la voix était toujours là. La tétanie et le voile aussi. L'homme n'était pas mort. Il passa un quart d'heure terrible, pendant lequel il imagina tout : le râleur sauvé in extremis, la pulsion à assouvir, quelqu'un d'autre à trouver. Il se releva et se mit à tourner en rond. Il y avait une tempête dans sa tête. Il aperçut l'aide-soignante, à la fenêtre d'en face, qui rouvrait les rideaux. La seule chambre allumée de tout le bâtiment. Comme un phare. Et la pulsion cessa. Il ne put s'empêcher de murmurer : « Merci ! »

Si Dieu existait, il aurait éclaté de rire, et il aurait répondu :

— Y a pas de quoi !

Jo rentra dans son appartement le lendemain soir, 12 décembre. On lui avait prescrit quinze jours de convalescence sans conduire. Il ne respecta l'obligation que dix jours seulement. Il détestait le train et était claustrophobe en avion. Et il avait un rendez-vous à Paris qu'il ne voulait manquer sous aucun prétexte. Et pas question de se faire emmener. C'était son histoire à lui.

À lui seul.

On était le 21 décembre. Il pleuvait, mais Jo roulait vers Paris le cœur léger. En voiture. En quelconque. C'est une suffisance bien particulière aux routiers que de se sentir supérieurs, perchés dans leur cabine. Une déviance bien connue, responsable de tant d'accidents : le syndrome du perchoir. Celle qui fait aussi qu'à hauteur d'homme, par ricochet, les petits ont toujours un ressentiment caché envers leurs congénères de plus d'un mètre quatre-vingts. Là, même avec son mètre quatre-vingt-dix, Jo était un ordinaire. Et dans le bouchon à l'entrée de Paris, il se surprit à pester contre ce « connard » de routier allemand qui collait son pare-chocs arrière. Le monde reste le monde. Il n'est beau ou laid que selon la hauteur d'où on le regarde.

— Bienvenue dans ta famille ! dit Julius en lui ouvrant la porte.

Ils se l'étaient promis, c'était fait. Jo allait passer les fêtes de Noël avec eux. Il offrit le bouquet de fleurs qu'il cachait derrière son dos à Christine et les trois filles se jetèrent à son cou en l'embrassant jusqu'à l'étouffer. L'appartement de Levallois était confortable. Quatre pièces toutes décorées d'innombrables photos de sportif. Un seul sportif. Julius. À treize ans. À dix-huit, vingt, vingt et un, etc. Un coureur de fond qui était passé tout près d'une carrière internationale.

— C'est le sport qui m'a sauvé.

— De quoi ?

— De la connerie, et toi ?

— Le cirque.

Et la première conversation des deux enfants de la DDASS, pendant l'apéritif, ne porta que sur les erreurs qu'ils n'avaient pas commises. C'est typique des égarés de naissance d'évoquer plus le pire évité que le meilleur acquis. Le complexe des malvenus. Puis, en passant à table, ils enchaînèrent sur les deux années qu'ils avaient vécues ensemble. En frères. Ils en avaient gardé chacun le même souvenir attendri.

Pour la première fois peut-être, ils retrouvaient de vraies marques. Une solidarité familiale acquise, sculptée de leurs premiers émois. De huit à dix ans, ils avaient tout partagé dans un entourage idéal, et puis...

— Ils t'ont mis où, toi, après ? demanda Julius.

— Chez des horlogers à Beaune. Des ordures, j'ai fini par me barrer. Et toi ?

— Bien plus gai. Des gardiens de cimetière.

Et ils éclatèrent de rire. Christine apporta le couscous. Pas très guadeloupéen, mais c'était sa spécialité. De toute façon, elle aurait pu lui cuisiner n'importe quoi, même mal, Julius aurait trouvé ça bon. Il était raide dingue d'elle au bout de dix ans d'amour absolu. La famille idéale. Un enfant tous les deux ans et une fusion qui crevait les yeux.

Jo pensa évidemment à Rosa. Et à l'avenir. Avec un peu de chance, ce serait exactement celui-là. Une vraie famille. Enfin ! Il ne manquait pas grand-chose. Juste qu'elle revienne pour de bon et que le cauchemar s'arrête.

— Tu vas dormir dans la chambre de la petite, on la prendra avec nous, annonça Julius au café.

— T'es sûr que ça ne vous dérange pas ?

— Mais non. On va s'occuper de toi. Demain, je bosse de seize heures à minuit, mais Christine reste là.

— Je vais aller sur Paris. Il faut...

Il se pencha pour lui chuchoter à l'oreille :

— Il faut que j'achète des cadeaux pour après-demain.

— C'est quoi ces cachotteries ? demanda Christine en souriant.

— Des cachotteries de Noël, répondit Julius en clignant de l'œil.

Et il proposa à Jo :

— Je te poserai où tu veux et je reviendrai te chercher à l'heure que tu décideras. N'oublie pas que je suis taxi indépendant. Pas de contrainte. Pas d'espion pour savoir où je vais.

— Te bile pas, répliqua Jo, j'attendrai que tu aies fini. Tu me laisses à côté d'un grand magasin. Après, j'irai me faire une petite bouffe, et peut-être un cinoche.

— OK, on va faire comme ça.

Le repas se termina avec un petit verre d'alcool fort et les enfants embrassèrent « tonton Jo » avant de filer au lit. Ils parlèrent encore jusqu'à deux heures du matin. De tout. D'eux bien sûr, mais aussi de sport et de politique. Comme des hommes quoi ! Christine somnolait sur le canapé. En femme de garde. De celles qui restent même quand ça ne les intéresse pas. Juste pour être là aussi. Pour partager l'espace. En aimant. Aux deux sens du mot, le participe présent et le nom commun : pour l'amour et l'attraction.

Au moment d'aller se coucher, Julius la réveilla d'un baiser. Jo la félicita :

— Votre repas était magnifique. Comme votre sapin. C'est vous qui l'avez décoré ?

— Non, c'est Clémence.

— Ah, les enfants ! C'est ce qu'il y a de plus beau.

— Oh oui, approuva Julius. Il faudrait pas que ça grandisse.

C'est fou l'insipidité des phrases ordinaires !

Surtout quand elles sont l'antichambre d'un drame répugnant.

Le lendemain, Julius déposa Jo devant la station de métro Opéra, comme prévu. Par la vitre ouverte, il demanda :

— On dit quelle heure ?

— Minuit... De toute façon, je t'appellerai.

Machinalement, Jo porta la main à sa poche et se mit à râler :

— Et merde, j'ai oublié mon portable !

— T'inquiète pas, je serai à l'heure... Je suis toujours à l'heure.

Jo ne vit pas passer la journée. Les magasins étaient bondés en cette veille de fête. Soûlé par la cohue, il dénicha vers vingt heures un petit restaurant feutré charmant où il se régala comme on se régale souvent à Paris : le repas pas assez salé et la note un peu trop. Mais il se sentait bien. Un peu comme s'il était à l'étranger.

Il n'alla pas au cinéma, mais profita du temps qu'il lui restait avant minuit pour admirer les illuminations des Champs-Élysées. À onze heures cinquante, il traversa la rue devant l'église de la Madeleine pour rejoindre la place de l'Opéra. C'est à ce moment précis que la pulsion arriva. Il ralentit son pas. À l'affût. Il envisagea un SDF, mais même à cette heure-là il y avait encore un monde fou. Il fendit la foule qui sortait de l'Olympia. Frapper au hasard et s'enfuir à toutes jambes ? Non. Surtout pas. Même si la capitale est une ville de dingues, ce serait, pour le coup, de la folie pure. Alors, entrer dans un café, peut-être, et suivre un inconnu pour l'achever dans les toilettes ? Pourquoi pas ? C'est à ce moment-là qu'il entendit :

— Je te l'avais dit... Toujours à l'heure !

Julius se gara devant lui et descendit ouvrir le coffre.

— T'aurais pas dû acheter tout ça ! dit-il en y rangeant les deux sacs pleins de cadeaux.

— Mais y en a pas que pour vous, plaisanta Jo.

Encore une fois, il était abasourdi par la facilité avec laquelle il était capable de scinder sa conscience. Une dichotomie époustouflante. À peine s'était-il assis à côté de Julius à l'avant que, déjà, le scénario était bouclé. Dans le moindre détail. L'exécution et les garde-fous. Et sans état d'âme. Ça, ça viendrait plus tard et, cette fois, ce serait terrible.

Ils discutèrent de tout et de rien pendant le voyage. Au panneau « Levallois », Jo aiguisa encore plus l'attention de sa moitié de conscience machiavélique. Au bout d'un kilomètre, il ordonna soudain à Julius :

— Arrête-toi là !

C'était une rue un peu plus sombre. Et surtout un alignement d'Algeco de chantier créait une sorte de niche à son extrémité.

— T'as envie de pisser ? demanda Julius. Retiens-toi, on est à la maison dans à peine dix minutes.

— Non, mais je viens de penser à un truc tout bête.

— Quoi ?

— Le cadeau pour Christine, je suis plus sûr que ça lui plaise.

— Et alors ?

— Je voudrais ton avis. Tu la connais par cœur. Si j'ai fait une faute de goût, il est toujours temps de revenir sur Paris trouver autre chose.

— Et c'est quoi ton cadeau ?

— Ben... Viens voir, je te laisse la surprise.

Ils sortirent tous les deux. Julius ouvrit le coffre et se pencha à l'intérieur pour fouiller dans un sac. Jo jeta un regard circulaire. Il y avait juste un passant sur le trottoir d'en face.

— Tu parles du petit écrin avec la bague ? fit Julius. Alors là, te fais pas de souci. Moi, j'aime pas trop, mais elle, ça va lui plaire.

— Non, ça, c'est pour Rosa... dit Jo. Dans l'autre sac, enveloppé avec les jeux vidéo.

Le temps que Julius cherche, Jo ne vit enfin plus que le dos du passant qui s'éloignait sur le trottoir d'en face. Ce fut encore plus rapide que d'habitude. Deux coups en rafale. Et il bascula le corps dans le coffre d'un geste vif. Il finit de l'étrangler sans détourner les yeux des siens, écarquillés, incrédules. Et puis, la tétanie disparue, le voile et la voix éteints, il sortit les sacs du coffre et s'éloigna.

Il mit trois quarts d'heure à faire, à pied, le chemin qui le menait à l'appartement. Trois quarts d'heure de calvaire. Parce que, cette fois, les états d'âme étaient d'une violence rare. Sa véritable conscience, débarrassée de l'autre, le torturait affreusement. Même les premiers flocons qui commençaient à tomber n'atténuaient pas la brûlure qui semblait consumer tout son corps.

Il venait de tuer un ami.

Pire, son « frère ».

Arrivé au pied de l'immeuble, il s'assit sur les marches. Il fallait absolument qu'il retrouve son calme pour affronter le regard de Christine sans éveiller le moindre soupçon. Il alluma une cigarette. À peine avait-il tiré une bouffée que deux jeunes en capuche, qui sortaient de la cage d'escalier, l'apostrophèrent :

— Hé, salut papa Noël, tu nous fais voir tes cadeaux ?

Et en un éclair, le plus petit des deux empoigna un des deux sacs que Jo avait posés à côté de lui, et tenta de prendre la fuite. Jo bondit. Le gamin eut à peine le temps de faire cinq mètres. Jo le plaqua violemment au sol et lui assena un terrible coup de genou dans le visage. L'autre, impressionné par la rapidité de réaction de Jo et la violence du coup, cria :

— Arrêtez, m'sieur, arrêtez… On s'en va… On s'en va !

Jo relâcha son étreinte. Le voleur avait le nez éclaté. Il se releva en titubant et partit, soutenu par l'autre. Ce n'est qu'à une distance respectable que, comme toute petite racaille qui se respecte, ils balancèrent leurs insultes : « Bouffon »… « Ta race »… et le célèbre : « Je nique ta mère », le standard des cités.

Jo ne put s'empêcher de dire pour lui-même :

— Si tu la trouves, te gêne pas !

Le sac était éventré. Il ramassa les cadeaux qui avaient été projetés à droite à gauche et les empila dans l'autre sac. Il avait tout récupéré, sauf l'écrin avec la bague qu'il avait réellement achetée pour Rosa. Il chercha encore, mais ne la trouva pas. Il pesta contre ces « petits cons » qui ne respectent rien, et se promit d'acheter une autre bague dès qu'il arriverait à Limoges.

Malgré la rage d'avoir perdu le bijou, l'incident, étrangement, avait calmé sa brûlure. La culpabilité était là bien sûr, mais sa démonstration de force l'avait ramené au pays des puissants. De ceux qui ne subissent pas. Et même cette culpabilité-là, il savait maintenant qu'il avait les moyens de la dompter. Il alluma encore une cigarette et se décida à monter.

— Julius n'est pas là ? demanda-t-il en pénétrant dans le salon.

— Il n'est pas avec toi ? demanda Christine.

— Non. Je l'ai attendu une demi-heure, et puis je me suis dit qu'il avait dû être coincé par un client, alors je suis rentré en métro et à pied.

— Il ne t'a pas appelé ?

— J'avais oublié mon portable… Tiens, il est sur la table. On va voir s'il m'a laissé un message.

Au silence du répondeur succéda la voix inquiète de Christine :

— C'est pas normal. Il a dû lui arriver quelque chose.

— Tu veux qu'on appelle les flics ? demanda Jo.

— On va attendre encore un peu.

À trois heures du matin, ils décidèrent d'aller au commissariat lancer un avis de recherche. Les policiers de garde enregistrèrent leur requête avec une indifférence routinière. L'inspecteur Legac se voulut rassurant.

— Quelques heures, c'est pas dramatique. Un contretemps peut-être. Et un portable déchargé. Ça arrive souvent.

— Mais les agressions de taxi, ça arrive souvent aussi, argumenta Christine.

— Vous n'avez pas tort, dit Legac. Moi, je disais ça pour vous rassurer, mais je vous promets qu'on va faire le maximum.

La journée du 23 décembre fut un supplice. L'attente. Plus les heures passaient et plus Christine se décomposait. Lucie et Joséphine pleuraient. Seule Clémence était imperturbable. À huit ans, c'était presque la plus adulte des femmes de la maison. Elle réconfortait sa mère avec un optimisme dont Jo sentait bien qu'il n'était que de secours. À dix-neuf heures, quand on sonna à la porte, Christine bondit en criant :

– C'est lui !

Jo entendit un cri déchirant. Il s'avança et aperçut sans surprise le visage compassé de l'inspecteur Legac. Le regard des trois filles à ce moment-là fut peut-être l'épreuve la plus épouvantable qu'il ait eu à supporter de sa vie. Et là, il ressentit quelque chose de nouveau. Jusque-là, cette « issue de secours » l'avait effleuré parfois, mais elle ne s'était jamais imposée à ce point. L'évidence venait de le frapper de plein fouet : c'était le moment d'arrêter tout ça. D'en finir avec ce cauchemar. Pour cela, il n'y avait qu'une solution. Faire disparaître le vrai responsable : lui. Et c'est seulement armé de cette certitude-là qu'il put supporter sans douleur extrême la nuit de Noël du lendemain, la plus sinistre de sa vie.

Il avait décidé de rester auprès de Christine jusqu'aux obsèques. Il s'accorda même un jour de plus. Comme elle ne lui parlait toujours pas, il avait envoyé un SMS à Rosa pour lui expliquer tout. Enfin, tout ce qui était avouable. En réponse, elle l'avait appelé et ils étaient restés longtemps au téléphone. Elle avait été prévenante et merveilleuse de compassion. Ça ne lui avait pas enlevé sa culpabilité suicidaire, mais ça l'avait un peu atténuée.

Il avait terminé la conversation en demandant, machinalement :

— Et nous ?

Elle avait répondu :

— Pas encore. Je suis presque guérie, mais je voudrais l'être tout à fait.

Avant de partir, Jo promit à Christine de venir la voir chaque fois qu'il pourrait. Il passa la porte en se disant qu'il avait peu de chances de tenir sa parole. Parce que le prochain enterrement auquel il irait, ce serait probablement le sien. Clémence le rattrapa dans la cage d'escalier. Elle lui prit la main et dit, le regard planté dans ses yeux, comme une adulte :

— Moi, je sais...

Elle hésita. Jo se raidit, et elle enchaîna :

— ... je sais qu'un papa, ça se remplace pas, mais essaie de venir de temps en temps, tonton Jo. Ça aidera beaucoup maman.

Jo fixa le petit bout de femme et lui promit :

— Je viendrai... Je viendrai.

Le soir du 31 décembre, les « Happy birthday ! » avaient précédé d'une heure les « Bonne année ! ». Jusqu'à minuit, Jo avait été le roi de la fête organisée par Jérôme et Jeanette. Il avait soufflé ses trente-trois bougies sous les bravos. Ils étaient une quinzaine dans un petit restaurant au bord de la Vienne. Cotillons et serpentins obligatoires. Rosa réveillonnait de son côté, ailleurs, en plus intime, avec seulement sa collègue Corinne et son mari.

— Bon anniversaire, mon grand, avait dit Jeanette, en l'embrassant sur les cheveux comme une mère.

Elle avait profité d'un petit répit dans l'organisation de la soirée pour venir s'asseoir à l'écart près de lui. Les autres chantaient et dansaient, et il était le seul se morfondre dans son coin. C'est Jérôme qui avait fait signe discrètement à Jeanette d'aller s'occuper de lui. Dans ces moments-là, les hommes ont les mots qu'ils peuvent. Les femmes ont les mots qu'il faut.

Elle demanda :

— Ça va mieux ?

— Un peu, répondit Jo. C'est pas grave, ça va revenir.

Il était allé dans sa pharmacie, trois jours plus tôt, au retour de Paris. Jeanette était une amie, il pouvait lui demander un passe-droit. Il avait dit, embarrassé :

— Tu pourrais me donner des somnifères ? Depuis quelque temps, j'ai des problèmes de sommeil. Ça doit venir de la surcharge de travail… J'ai pas d'ordonnance.

— Pas de souci. Mais c'est peut-être pas le travail, avait souri Jeanette. Tu sais, les femmes, ça sent ça. Même quand les hommes se cachent du mieux qu'ils peuvent.

— Non, tu te trompes, c'est vraiment le travail.

— D'accord. Mais fais attention à toi quand même. Elle est belle, Rosa. Peut-être trop. Faut pas être bien sorcier pour deviner ce qu'il y a, ou ce qu'il n'y a pas encore entre vous. Ça, ça ne me regarde pas. Mais tu la manges des yeux...

Et elle ajouta la sentence inévitable des « vrais » amis :

— ... Je ne me permettrais pas de te donner un conseil, mais je ne suis pas sûre qu'elle soit faite pour toi. Et je pense que tes insomnies viennent de là. Je me trompe ?

Jo lui avait répondu par un sourire et l'avait embrassée sur la joue. Quelques minutes plus tard, il avait reçu un SMS : « J'espère que ce que je t'ai dit ne t'a pas blessé. On t'aime. C'était pour ton bien. Jeanette ».

C'est fou le mal que peuvent nous faire les gens qui ne pensent qu'à notre bien !

Aux embrassades de minuit, Jo serra quand même très fort Jeanette et Jérôme dans ses bras. Ceux-là étaient des sincères. Maladroits parfois, mais sincères. Dans sa tête, cette dernière accolade n'était pas celle d'un au revoir, mais d'un adieu. Parce que cette fois, il l'avait décidé : le suicide, ce serait pour cette nuit. Au premier jour de ses trente-trois ans. Symbole christique ? Bien sûr, parce que tout bien pensé, la croix était trop lourde.

Le crime de Julius l'avait anéanti. Il ne voyait vraiment aucune issue. Même s'il s'était accroché, l'espace d'un instant, à une concordance supplémentaire : tous les hommes qu'il avait tués étaient en noir, ou plongés dans l'obscurité. D'abord, l'auto-stoppeur en bord de route. Et puis, au mariage de Jérôme, la voix l'avait détourné des invités bariolés pour le diriger vers le bord du lac et le beau-père, chemise noire sous costume noir. Et après, le dragueur, le fouilleur, le petit voyou espagnol, le vigile, le militaire, le motard en combinaison de cuir, le râleur. Tous dans la pénombre. Si on ajoutait Raymond en costume de deuil, le pêcheur en ciré noir et Julius sombre de peau dans son maillot collector des All Blacks, le compte y était.

Mais ce retour de l'« inspecteur Gadget » ne l'avait interpellé que le temps de la récapitulation. Il avait fait aussitôt un autre bilan. Celui de son chemin d'existence. Et celui-là était irréversiblement insupportable. Jonché d'abandons, de frustrations et de cadavres. La seule lueur pouvait être Rosa. Mais la suspicion de n'être que son « sex-toy » était pratiquement devenue certitude. Ce soir encore, pour son anniversaire, elle était loin de lui. Et même si elle sonnait à sa porte à trois heures du matin, ce serait pour quoi ? Encore une étreinte sans suite ?

Il quitta la soirée après avoir salué tout le monde vers une heure du matin. Il était sûr de lui. Il vivait ses derniers instants. Il observa le monde qu'il allait quitter sans aucun apitoiement. Pas le moindre regret. Des arbres tristes, un ciel sans étoiles, et au loin les toits d'une ville sans âme. Il allait commettre son quatorzième meurtre. Le sien. Celui d'un homme qui n'aurait jamais mérité de venir au monde. Et il se prit à rêver que de l'autre côté, là-bas, il aurait peut-être la réponse à ses questions. Que Dieu lui-même, peut-être, viendrait lui donner la solution.

Quand il arriva au portail de son pavillon, Rosa était là. Recroquevillée au sol. La robe du soir fendue découvrait ses jambes jusqu'à la lisière du string noir. Il stoppa à sa hauteur et s'accroupit. Il resta un long moment les yeux plantés dans les siens. Et il dit de sa voix la plus douce :

— On va s'arrêter là, mon bébé.

Et il se releva et partit lentement vers la porte d'entrée au bout de la minuscule allée de gravier. Il tournait la poignée quand il l'entendit dire dans son dos :

— Ce soir, je te donne la permission de jouir en moi pour la première fois.

Il était resté interdit sur le pas de la porte. Elle passa devant lui, déhanchée et souriante, sa veste sur l'épaule. Une traînée de son parfum poivré était restée suspendue là, comme un aimant. Il la suivit jusqu'à la chambre où elle était déjà étendue, les yeux fermés et les cuisses ouvertes.

Alors, il décida qu'il mourrait un autre jour.

Mais c'était une fin quand même.

La fin du roman noir de Jo seul.

INÉLUCTABLE

Dans dix-huit jours allait débuter le roman de Jo et de Marie.

Noir aussi, très noir.

Mais avec une touche de rose cependant.

CHAPITRE 7

Fauvette

L'assistant passa la tête dans la salle de maquillage et annonça :

— L'antenne dans vingt minutes !

« Fauvette » se crispa un peu. La coiffeuse venait de finir de lui arranger sa perruque blonde. Avec les lunettes noires, c'est vrai qu'elle était méconnaissable. Michelle, l'animatrice, assise sur le siège voisin, lança, en lui souriant :

— On se ressemble un peu comme ça.

« Fauvette » lui rendit son sourire.

— J'ai adoré votre livre, glissa Michelle.

— Merci, répondit « Fauvette ».

— Et vous êtes vétérinaire où ?

— À Boulogne-Billancourt. Mais, surtout, n'en parlez pas !

— Bien sûr... Vous me laisserez votre adresse, quand même. J'ai deux chats, on ne sait jamais.

Et « Fauvette » se leva. Elle jeta un regard langoureux à l'assistante « son » qui lui avait installé son micro-cravate dix minutes plus tôt, et se dirigea vers le studio 103.

À Limoges, Jo venait tout juste de rentrer dans son appartement. Il était deux heures du matin et il n'avait pas vraiment sommeil. Ce n'était pas important. Demain, il pourrait dormir jusqu'à midi. Rosa ne passerait pas. Elle était clouée au lit. Une sale grippe. Une vraie. Il faut dire que ces premiers jours de janvier avaient été d'une rigueur rare. On avait frôlé les - 15 °C. De plus en plus fréquent depuis qu'on nous bassinait avec le réchauffement climatique. Jo s'allongea sur le lit et alluma la télé. D'habitude, il ne la regardait pas vraiment. C'était juste un fond sonore. Une compagnie discrète à qui on pouvait couper la parole d'un doigt. Cette fois, aux premiers mots de l'animatrice, il se redressa et monta le son.

— ... Aujourd'hui nous allons parler des pulsions incontrôlables : kleptomanie, addiction au jeu, boulimie. Nos invités viendront apporter leurs témoignages sur ces dépendances qui ont parfois totalement bouleversé leur vie. Et puis nous recevrons à la fin « Fauvette », dont le livre, *L'Envie de tuer*, commence à faire parler de lui. Elle y raconte les pulsions meurtrières dont elle est encore la proie avec énormément de lucidité.

« Fauvette » était assise sur un fauteuil, face à la caméra 2, un peu à l'écart du canapé où un homme et deux femmes étaient venus s'épancher sur leurs addictions. Elle était la seule grimée. Elle n'avait jamais tué personne, mais elle tenait quand même à l'anonymat. Ça faisait partie du deal avec Pierre Ragard, l'éditeur.

L'écriture et la publication de son livre avaient vraiment été un concours de circonstances. La faute à un Jack Russel patraque. Son propriétaire l'avait amené plusieurs fois au cabinet vétérinaire. Elle avait sympathisé. Avec les deux. Il l'avait invitée à dîner.

— Si c'est pour la drague, vous vous trompez de trottoir, avait-elle répondu avec sa franchise et son humour habituels. Je suis sur celui d'en face.

— C'est-à-dire ? avait dit Pierre, intrigué.

Elle lui avait renvoyé la phrase de Catherine Lara qui l'amusait beaucoup :

— La première chose que je regarde chez un homme, c'est sa femme !

Il avait éclaté de rire, et ils étaient convenus d'un rendez-vous pour dîner dans un petit restaurant italien du IVe arrondissement, le Venizio. Ce fut fait une semaine plus tard. À la fin du repas, en confiance, elle lui avait raconté les phénomènes étranges qui la bouleversaient depuis peu de temps. Des cauchemars, toujours les mêmes, avec des vieux mourants, tous habillés en noir, qui l'agressaient. Et puis ce qui se passait ensuite, chaque fois. L'homme était fasciné, mais c'est l'éditeur qui avait fait la proposition :

— Ça peut faire un livre génial, ça !

Eût-il été peintre, ça lui aurait peut-être inspiré un tableau. Député, une loi. Et va savoir, chef cuisinier, un plat « spécial tueur ». Puisque la gastronomie nouvelle, à force d'exposition cathodique, a rangé son âme au fond d'une casserole sous un bouillon gras. Mais bon, nous n'en sommes pas à un désenchantement près !

— Pourquoi pas ? avait-elle dit. J'ai toujours adoré écrire. En plus, je pense que mon expérience pourrait peut-être contribuer à éviter des drames. Mais je prendrai un pseudonyme. Je ne veux pas risquer de perdre ma clientèle. Et puis, on ne sait jamais, vu le sujet, ça peut attirer les dingues.

Pierre avait réfléchi un instant, jeté un regard circulaire, et, apparemment inspiré par l'ambiance italienne, avait proposé :

— Marie Milan... C'est pas mal, ça ?

— Non. Je ne veux pas garder mon vrai prénom.

— Caroline Milan, alors ?

— Et pourquoi pas « Fauvette » ? Un seul mot. C'était le nom de ma chatte quand j'étais petite. Je l'adorais.

— Pas mal.

Et Pierre s'était emballé :

— Si tu écris en deux mois, on est prêts pour les fêtes. On le sort juste avant Noël et on continue la promo jusqu'à l'été. Ça peut faire un bon livre de plage.

Marie ne voyait pas bien la liseuse inondée de crème solaire se repaître de pulsions assassines et tortueuses en plein soleil. Mais bon, le professionnel, c'était lui. Il avait ajouté :

— En plus, j'en connais une que ça va intéresser.

Il s'était penché vers elle et avait chuchoté :

— Ma maîtresse est animatrice télé. Elle présente une émission de société. Ça peut relancer formidablement le livre en janvier.

Les arcanes des succès littéraires sont étranges. Et faire de la télé sans être la maîtresse de personne doit être un chemin de croix bien douloureux.

— Le problème, c'est que ça continue.

— Notre liaison ? avait demandé Pierre, avec l'égocentrisme convenu des nouveaux rois de l'épate.

— Non, mes pulsions, avait rectifié Marie.

— Oui, bien sûr. Mais c'est pas grave. Au contraire. Selon le succès du bouquin, on pourra peut-être faire une suite.

Marie avait hésité. Pierre était charmant, mais un peu trop « show-biz » à son goût. Et puis, elle avait fini par accepter. À condition, en plus du pseudonyme, de ne se montrer que grimée si elle passait à la télé.

— Génial, avait exulté Pierre. Ça va entretenir le mystère. Certains pourront même croire que tu es une personnalité qui ne veut pas qu'on la reconnaisse. Ça peut faire un joli buzz.

Et puis, il avait parlé des conditions financières. Marie s'en moquait. En revanche, elle était de plus en plus excitée par l'idée de l'anonymat. Être une autre calmerait peut-être la blessure de celle qu'elle était vraiment. Et puis qui sait ? Peut-être cette psychanalyse littéraire et médiatique mettrait-elle fin à ses cauchemars.

C'était donc ainsi que tout avait commencé. Entre une escalope bolognaise et un tiramisu. Et, à peine quelques mois plus tard, en cette glaciale journée du 18 janvier 2013, Marie inaugurait « Fauvette » pour la première fois à la télévision.

Jo avait dû subir pendant une heure les confessions d'un maniaque du vol de cendriers, d'une dévoreuse maladive de babas au rhum, et d'une gratteuse de croûtes compulsive. Le petit plus culturel de la télévision de service public. Il se leva, prit une chaise, et s'assit à califourchon un peu plus près de l'écran après que l'animatrice eut annoncé :

— ... Je vous rappelle que notre émission est rediffusée dans la nuit. Et pour la conclure, nous recevons Fauvette qui est venue nous parler de son livre : *L'Envie de tuer.*

Il y eut d'abord des compliments de Michelle sur le style épuré et saisissant de Fauvette. Avec un petit bonus sur son bon choix du petit éditeur méconnu à tort, Pierre Ragard, qui était une garantie de qualité. L'exception intellectuelle parisienne. Dans ces milieux-là, c'est bien connu, ne pas réussir est une marque indélébile de talent !

Ce « service après ventre » rendu, on entra dans le vif du sujet. Fauvette détailla ses cauchemars avec les vieux mourants tous en noir. Et elle expliqua qu'immédiatement après, une pulsion de meurtre l'envahissait. Ça s'était produit à intervalles irréguliers et ça se produisait encore. Elle expliqua ensuite que, par bonheur, elle ne passait jamais à l'acte.

— Sinon, vous ne seriez pas là ! gloussa Michelle avec, en écho, les rires idiots et les applaudissements du public commandés par le chauffeur de salle.

— Bien entendu, dit Fauvette, presque gênée.

— Et pour en revenir à l'essence même de votre démarche littéraire, quelles en sont les motivations intrinsèques ? demanda Michelle en reprenant mot pour mot ce qu'on lui avait soufflé dans l'oreillette.

Fauvette partit dans une longue explication. Michelle tenta bien de temps en temps de la pousser à faire plus court par quelques : « voilà... », « eh bien merci... », « nous allons conclure... », elle mit un point d'honneur à développer jusqu'au bout son argumentaire.

Plus elle parlait, et plus Jo, devant son écran, était hypnotisé par cette blonde à lunettes noires, presque copie conforme de Mireille Darc dans *Le Grand Blond avec une chaussure noire*. La robe décolletée en moins, puisqu'elle passait son temps à caresser machinalement, d'une main un peu tremblante, le col roulé de son pull blanc. Le trac certainement.

Il était vrai que Fauvette avait eu un peu d'appréhension au moment d'évoquer son viol. En fait, le point majeur de son discours était qu'elle avait identifié les raisons de ses pulsions. La première envie de tuer était survenue à la suite d'un cauchemar très bref où elle s'était dressée dans son lit, prise tout à coup d'un élan irrépressible. Par chance, elle était seule. Elle avait tourné en rond dans son appartement pendant de longues minutes et puis s'était décidée à sortir. C'est en arrivant dans la rue que tout s'était arrêté. Quelques jours plus tard, le phénomène s'était reproduit. Mais elle n'était pas seule dans son lit. Elle évita soigneusement de préciser le sexe de son partenaire. Elle avoua qu'elle avait avancé les mains pour l'étrangler, mais qu'une force inconnue l'avait bloquée.

— Vous ne pouvez donc en aucun cas passer à l'acte ? demanda Michelle.

— Non. Et je sais pourquoi. Parce qu'entre les deux cauchemars, j'ai pu identifier ma pulsion.

Là, on s'aperçut, à quelques plans sur des regards dans le public, plutôt somnolent jusque-là, que ça devenait vraiment intéressant. Le réalisateur glissa dans l'oreillette de Michelle :

— C'est bon, ça... Laisse filer, ne la bouscule pas.

Michelle la relança :

— Allez-y, expliquez-nous. Et prenez votre temps. Je suis sûr que tous les détails intéressent nos téléspectateurs.

Fauvette raconta que dans l'après-midi qui avait précédé la première pulsion, elle avait, par hasard, assisté à un hold-up. Il y avait une banque juste en face de son lieu de travail. Elle avait entendu des coups de feu et vu deux hommes cagoulés s'approcher de sa fenêtre. Leur moto était garée contre le mur et, juste avant qu'ils s'enfuient, elle les avait vus de très près. Un employé gisait sur le trottoir. Par bonheur, il n'était que légèrement blessé, mais la scène l'avait profondément bouleversée.

— Quel est le lien avec votre pulsion ? demanda Michelle, qui connaissait déjà la réponse.

— À la suite du premier cauchemar, j'ai cherché à comprendre. Ma mémoire m'a hélas renvoyé à un viol dont j'ai été victime très jeune...

— Par un homme qui lui aussi portait une cagoule, relança Michelle qui avait dévoré le livre.

— C'est ça. Alors, je me suis dit que c'est l'association d'idées qui avait déclenché à la fois le cauchemar et la pulsion. Qu'ils étaient l'expression d'un besoin de vengeance. J'ai surtout analysé que le fait d'en avoir décrypté la cause ne me débarrassait pas de la pulsion, mais que ça m'empêcherait toujours de la mener à son terme… Par bonheur.

— Et cela s'est-il reproduit souvent ?

— Oui… Et rien ne dit que ça ne se reproduira pas encore, hélas.

Michelle se tourna alors vers un autre fauteuil qu'occupait un petit homme rond, dégarni, en costume pied-de-poule.

— Docteur Hausman, vous êtes psychologue et surtout passionné par l'oniromancie. Pour ceux qui l'ignoreraient : la divination des rêves. Que pensez-vous de ce témoignage ?

Le docteur avança dans un langage un peu alambiqué que l'explication du cauchemar était tout à fait plausible : un choc affectif enfoui réveillé par une vision évocatrice soudaine.

— L'image des braqueurs a extériorisé ce qu'elle avait pris soin de refouler bien au fond de sa conscience. Ces hommes en noir représentent évidemment le violeur. Leur déchéance physique et le visage macabre, c'est la volonté de vengeance et de mort, bien sûr.

En revanche, pour la pulsion meurtrière réelle qui suivait, il avoua en toute honnêteté ne pas très bien la saisir. Et surtout sa répétition dans le temps à espaces irréguliers sans raison précise. Sans choc visuel nouveau. Pour lui, une fois le sujet réveillé, un cauchemar ne pouvait avoir aucune influence de comportement. En tout cas, pas à ce point-là. Il ne pouvait subsister qu'une peur rétrospective, et encore, de courte durée.

Et comme tout chroniqueur cathodique soucieux d'abord de préserver sa propre image, il souligna ses compétences, puis se tourna vers Fauvette, et lui dit, avec un petit sourire narquois :

— Madame, permettez-moi d'avoir un doute. Oh, surtout pas sur votre douloureuse expérience et les cauchemars que cela vous inspire. Mais les pulsions qui leur succèdent me semblent plus relever d'une imagination de romancière qui a trouvé là un moyen habile d'intéresser le lecteur.

Fauvette se cabra. Michelle voulut intervenir, mais elle ne lui en laissa pas le temps :

— Vous insinuez que j'invente ? Je préférerais, monsieur… Je préférerais. C'est complètement stupide ce que vous dites !

Le public eut un rire discret. Elle enchaîna :

— Même si ça a commencé il y a peu de temps, ce que je vis est assez épouvantable. Je ne vous le souhaite pas. Et si j'ai fait ce livre, c'est parce que je pense qu'il peut être vraiment utile. Peut-être... sûrement même, existe-t-il des criminels que leurs pulsions dépassent et qui aimeraient bien s'en débarrasser.

Michelle abonda dans son sens :

— C'est vrai que la plupart des criminels compulsifs qui se font arrêter avouent ne pas comprendre ce qui les a poussés à commettre de telles horreurs.

— Ça, c'est pour se protéger de la justice, argumenta le professeur, avec toujours le même sourire en coin... Pour essayer de fuir la responsabilité.

Fauvette poursuivit sans même un regard pour lui :

— Quoi qu'il en soit, mon livre servira peut-être à pousser certains criminels à chercher plus profondément la cause de leur déviance. Et qui sait ? S'ils la trouvent, ça ne les empêchera pas, bien entendu, d'avoir, comme moi, des pulsions. Mais peut-être, comme moi aussi, ils ne passeront pas à l'acte.

Et Michelle conclut par une pirouette :

— J'ai envie de dire : comme nous tous. Combien de fois ai-je eu envie de tuer le réalisateur de cette émission ? Mais je ne suis jamais passée à l'acte. Parce que j'avais effectivement identifié la cause de cette pulsion : c'est mon mari. Il est un peu caractériel, mais je l'aime plus que tout !

Et le public explosa en applaudissements sur le générique de fin.

Quand on vous dit qu'il faut coucher pour faire de la télé !

Un peu plus tard, dans la loge, Pierre vint féliciter Fauvette :

— C'était formidable. Dès demain, je double la mise en place.

Fauvette fit glisser sa perruque. Elle retrouva avec satisfaction, dans la glace, le visage androgyne de Marie qu'accentuait la coupe rase des cheveux noirs.

— Je préfère ça, dit-elle avec un soupir de soulagement.

— Moi aussi. Mais il faudra quand même que tu remettes la perruque et les lunettes pour les dédicaces.

— Quoi ?

— Ben oui. Le service après vente. Le bouquin démarre super bien. On a des demandes de libraires un peu partout pour des séances de signatures. Je suppose que tu ne tiens pas à les faire à visage découvert.

Marie réfléchit un instant. Elle ne tenait à rien du tout. Mais Pierre s'était décarcassé pour elle. Et puis, encore une fois, l'idée d'être une autre l'émoustillait. Elle avait ressenti une vraie jouissance pendant l'émission. Elle s'était même demandé si Marie aurait eu le même front que Fauvette pour répondre au docteur Hausman. Elle dit à Pierre :

– OK pour les dédicaces. Mais le week-end seulement.

Et, en se levant, elle eut une dernière sentence pour résumer sa première expérience télévisuelle. À quatre cents kilomètres de là, bien des heures plus tard pour cause de rediffusion, Jo prononça exactement les mêmes mots :

– Quel connard, ce docteur !

Et il resta jusqu'à cinq heures du matin allongé sur son lit, les yeux fixés au plafond. Immobile et étrangement détendu. Il savait qu'il venait de se passer quelque chose d'essentiel dans son histoire. Il pressentait que la clé de tout ça était dans ce témoignage. Il y avait tellement de points de similitude : d'abord les pulsions la nuit à espace irréguliers. Et puis le fait que comme lui, tout ça n'ait démarré qu'il y a peu de temps. Et le plus intriguant : la vengeance déclenchée par des hommes en noir. Il se fit aussi l'avocat du diable pour traquer les points de dissemblance. À aucun moment elle n'avait parlé de main tétanisée, ni de voile rouge, ni de voix interne. Et puis, elle n'avait évoqué aucune pulsion de jour. Et surtout, elle n'était jamais passée à l'acte, elle. Il décida que la première chose à faire serait d'acheter le livre.

Le lendemain, à la première heure, il se gara devant la plus grande librairie du centre-ville de Limoges. Il arpenta tous les rayons, malheureusement sans trouver ce qu'il cherchait. Il eut un instant de panique. Et si tout ça, il l'avait rêvé ? La vendeuse le rassura :

— Désolé, on a vendu le dernier hier soir. Mais repassez en fin de journée, je dois recevoir un nouvel assortiment cet après-midi.

Il sortit, frustré malgré tout. Et il défoula sa contrariété sur un agent qui le verbalisait. L'échange fut vif. Et il échappa de peu à la conduite au commissariat pour insultes à agent. Il ne put s'empêcher, après avoir démarré, de jeter un œil mauvais dans le rétroviseur à l'agent qui avait repris son sacerdoce punitif en grognant :

— Si tu savais qui je suis.

À dix-neuf heures, il avait enfin entre les mains le roman de Fauvette. La couverture était rouge, sans photo de l'écrivaine. Il ne put s'empêcher de penser au voile. Il demanda à tout hasard à la vendeuse :

— Est-ce que vous savez où je pourrais contacter l'auteur ?

La jeune femme, avenante, lui répondit :

— Je peux vous donner le téléphone de la maison d'édition. Mais ça m'étonnerait qu'on vous mette en rapport. Ils ne communiquent pas les coordonnées comme ça. Et puis, d'après ce que j'ai compris, elle veut rester anonyme.

— Donnez-le-moi quand même.

Elle compulsa un gros cahier, griffonna un numéro sur un bout de papier et le lui tendit.

— Merci.

Et Jo se dirigea vers la sortie. La vendeuse l'interpella :

— Il y a peut-être une solution. Je l'ai demandée pour une dédicace. On m'a répondu qu'elle risquait de venir.

Jo revint vers la caisse et demanda :

— Quand ?

— Oh, sûrement pas avant deux mois. Mais je sais qu'elle doit en faire ailleurs, avant. Si vous me laissez votre numéro, je me renseignerai et je vous ferai passer la date et le lieu le plus proche.

Jo s'empressa de lui donner son numéro et, en guise de remerciement, fit le tour du comptoir et l'embrassa.

— Alors vous, on peut dire que vous êtes fan ! fit-elle, amusée.

Il sortit de la librairie le livre collé contre la poitrine, solidement serré par ses deux bras croisés. Il lutta pour ne pas ouvrir son précieux trésor avant d'être dans sa chambre. Arrivé enfin chez lui, il le posa délicatement sur la table en plastique et l'ouvrit avec une précaution de collectionneur. À la première page, il sentit son cœur s'emballer. Avant de lire quoi que ce soit du texte, il fit défiler les titres des chapitres. Il resta deux minutes comme en apnée. Chaque pulsion avait son chapitre. Et, écrites en italiques, la date et l'heure auxquelles elle était survenue :

24 juin… 1er juillet… 8 juillet… 16 août… 17 août…

Et ainsi de suite.

Les mêmes dates.

Et les mêmes heures.

Au même moment, à Boulogne-Billancourt, Marie échappa le flacon du remède qu'elle venait de préparer pour Cheeka le labrador. Elle vacilla, et dut se retenir à sa table de travail pour ne pas tomber. Mme Legrand s'inquiéta :

— Vous avez un problème, madame Delacroix ?

— Non… Non, ça va aller. Un étourdissement.

— Vous avez peut-être faim. Je m'excuse de vous avoir fait travailler aussi tard, mais il n'allait vraiment pas bien.

— C'est pas grave. Vous avez eu raison, madame Legrand.

La vieille dame s'approcha d'elle et lui demanda à voix basse :

— Ça ne me regarde pas, mais vous n'êtes pas enceinte, au moins ? Parce que quand moi j'étais enceinte, je n'arrêtais pas de faire des malaises, comme ça. Tenez, le jour de l'anniversaire de mon mari...

Et Marie dut subir pendant dix bonnes minutes le récit de tous les problèmes de santé de Mme Legrand dans les moindres détails, gastro-entérite comprise. Sans l'interrompre bien entendu. Conscience commerciale oblige. Quand Mme Legrand eut passé la porte, Marie s'affala en soupirant :

— Pourquoi faut-il que les chiens aient des maîtres ?

Et elle pensa avec lassitude que la journée était loin d'être finie. Il fallait tout ranger ici, et monter dans son appartement au-dessus pour mettre aussi de l'ordre. Ce n'était vraiment pas le jour pour virer sa femme de ménage. Et pourtant, elle l'avait fait le matin même. Sur un accès de colère qu'elle avait encore du mal à s'expliquer. Pour une raison futile, juste après qu'elle eut pris son service...

... À l'heure exacte où Jo s'embrouillait devant la librairie avec l'agent des contraventions !

Ce soir-là, elle était trop fatiguée pour se faire à dîner. Elle appela Chloé, et elles décidèrent de se retrouver au Venizio. Depuis son repas avec Pierre, c'était son restaurant préféré. Elle lui passa aussi un coup de fil pour qu'il vienne boire le café, s'il en avait le temps. Ils feraient le point sur les retombées de l'émission de télé.

— Tu m'aimes ? demanda Chloé, en finissant son verre de barolo.

— Pour ce soir, oui, répondit Marie, impitoyable.

Et elles s'embrassèrent à pleine bouche. Les clients de la table voisine détournèrent le regard, la mine contrariée. Marie leur lança :

— Ne vous inquiétez pas ! Nous, le mariage, on est contre.

— On préfère baiser, seulement, renchérit Chloé.

Le patron derrière le bar fit mine de leur faire les gros yeux et se tourna pour cacher son fou rire. Marie tendit la jambe sous la table pour glisser le bout de son pied entre les cuisses de Chloé. C'est à ce moment-là que Pierre arriva. Sans même dire bonsoir, il attaqua les superlatifs :

— Extraordinaire. Magnifique. On va faire un carton. Enfin, pas du Musso, mais ça sent bon ! J'espère que t'es en forme, ma caille, parce que tu as six dédicaces à venir, dont deux la semaine prochaine. Tu commences à Tulle. Le libraire est un copain d'enfance. Je ne pouvais pas lui refuser. Bon, je sais, la Corrèze, c'est pas très glamour, mais la France profonde, aujourd'hui, c'est le must. Vois Flamby, il est parti de là-bas. On n'aurait pas mis un *peso* sur lui et aujourd'hui, c'est lui qui squatte la cabane du Faubourg-Saint-Honoré !

Elles éclatèrent de rire ensemble. Pas de la formule, du personnage. Et il les accompagna jusqu'à la grappa en alternant plaisanteries de goût douteux et réflexions philosophiques à deux balles. Le Paris chic, quoi !

Quand la tour Eiffel n'illumine qu'elle.

Et puis, elles l'abandonnèrent et continuèrent la nuit chez Chloé entre caresses, pétards et sex-toys. Marie rentra chez elle au petit matin. Au moment de garer sa voiture au parking souterrain, elle eut un nouvel étourdissement. Elle ne s'en inquiéta pas. Ça lui arrivait depuis si longtemps. Et ce n'était jamais très grave. Elle avait fini par s'y habituer. Et elle sortit du parking en serrant de toutes ses forces, dans sa poche, ses clés de voiture entre ses phalanges. Une arme, à tout hasard. Si un homme en noir venait à l'agresser.

Au même moment, Jo raccrochait son téléphone. Il sauta dans son jean, mit une chemise, enfila des chaussures à la va-vite. Il pleurait. Cinq minutes plus tôt, Jeanette lui avait appris, effondrée, la mort de Jérôme dans un accident en Belgique.

Il s'énerva contre sa voiture qui ne voulait pas démarrer.

Marie s'énerva contre la machine à café qui n'était toujours pas réparée.

Trois jours plus tard, aux obsèques de Jérôme, toute la grande famille des chauffeurs était là. Le curé, beau cette fois, fit un sermon minable. Tous les invités du mariage étaient là aussi. Habillés de noir. Le négatif de la photo de Doisneau, sans les enfants. Ce fut solennel et déchirant. Jeanette regarda descendre le cercueil, appuyée sur le bras de Jo. Sa mère eut le mot qu'il fallait :

— Heureusement que mon pauvre mari n'a pas vu ça. Malgré tout, c'est l'ordre des choses.

Jo pensa, comme le dit le bon sens populaire, qu'à toute chose, malheur est bon. Et puis il effaça rapidement cette pensée. Non, le malheur n'était jamais bon.

À rien.

Il retrouva Rosa dans son appartement une heure plus tard. Ils restèrent sur le lit, blottis pendant deux heures. Sans caresses. En consolation réciproque seulement. Ils commençaient à somnoler quand le portable de Jo bipa. Il jeta un coup d'œil au SMS qu'il venait de recevoir et remit le téléphone dans sa poche sans aucun signe d'émotion... Et pourtant !

— C'était quoi ? demanda Rosa.

Sans hésiter, il répondit :

— Jeanette, qui me remerciait pour mon soutien.

Il ferma les yeux et ne put effacer les lettres qui se dessinaient. Celles du message qu'il venait de recevoir de la vendeuse de la librairie : « Tulle. Samedi 2 février. Quinze heures. Librairie Allard. »

Rosa demanda :

— On fera l'amour quand même après manger ?

— Bien sûr, répondit Jo.

— Tu jouiras encore en moi ?

— Bien sûr… Tu préférerais une fille ou un garçon ?

— Je m'en fous, mais j'ai le pressentiment que cette fois, ce sera la bonne.

Jo faillit en pleurer d'émotion.

Et Marie eut encore un étourdissement.

CHAPITRE 8

Marie-Ange

Le vol n'avait qu'une demi-heure de retard.

Donc, on était à coup sûr en France, et tout s'était bien passé comme prévu.

Le frêle Thierry Costes avait tenu, par galanterie, à hisser lui-même l'énorme valise de Marie dans le coffre de sa Laguna. Il s'était certainement foulé un doigt, mais il souriait quand même. La venue dans sa petite librairie de Tulle d'un écrivain qui était passé à la télé était tellement rare. Merci Pierre ! Surtout que ses habitués lui disaient avoir apprécié ce livre plutôt bien écrit. Le mystère entourant la véritable identité de Marie y était aussi pour beaucoup. D'ailleurs, dès son apparition, il tenta de déceler, sous la perruque et les lunettes, du Laurence Ferrari ou du Claire Keim sur lesquelles il avait parié. Mais il comprit vite qu'il avait perdu.

— C'est de cet aéroport que le président Hollande est parti le soir de son élection, fanfaronna Thierry, à peine assis au volant.

On a les fiertés historiques qu'on peut !

Marie, par politesse, se força à un hypocrite :

— Eh ben, ça alors !

Et puis, elle coupa son portable. Chloé l'assaillait depuis qu'elle lui avait annoncé qu'elle prolongerait seule le week-end dans un Relais & Château de la région. C'était ça, son véritable luxe. De temps en temps, elle se payait un petit séjour dans des hôtels prestigieux. Histoire de se plonger dans du clinquant futile et très cher. Une cure de superflu pour se désintoxiquer du nécessaire. Ou plus sûrement était-ce pour retrouver de son enfance les seules choses qui lui manquaient vraiment : l'espace et les serviteurs aux petits soins.

— Tu m'emmènes pas, avait hurlé Chloé. Mais t'es une salope !

— Tu me sous-estimes, avait répondu calmement Marie. Je suis une énorme salope !

Et elle comptait bien le prouver. Elle raffolait des aventures de hasard. On se plaît, on fait l'amour, on se quitte et on ne se revoit jamais. Il était même arrivé qu'elle ne connaisse pas le prénom de sa conquête d'un soir. Au fil de ses week-ends d'escapade, elle avait couché dans son lit des serveuses, des femmes de chambre, des clientes esseulées, une monitrice de ski, deux masseuses, et même une star de la chanson dont elle ne supportait pas la voix. Pour un homme, on aurait dit : baiseur de fond. Elle s'intitulait juste : espiègle libre.

La dispute avec Chloé l'avait quand même contrariée. Même si elle n'osait pas se l'avouer, elle commençait à s'attacher. Elle roulait donc vers sa première dédicace le ventre un peu serré. Le ciel bas n'arrangeait rien. Et puis, au fur et à mesure que la route défilait, elle se sentit de mieux en mieux. Pour échapper à la conversation touristique de Thierry, elle lui inventa :

— Je suis un peu surmenée.

— C'est normal, on doit beaucoup vous solliciter, dit-il, admiratif.

— Excusez-moi, mais je vais somnoler un peu pour être plus en forme.

— Bien sûr, approuva-t-il.

Marie ferma les yeux et vit aussitôt une mer bleue. Sans doute un souvenir de l'île Maurice où elle avait passé ses dernières vacances. Elle s'y imagina en apnée dans une eau tiède. Détendue. Apaisée. Enveloppée d'une chaleur protectrice. Elle se voyait onduler sans jamais reprendre sa respiration. Elle chercha le mot qui définissait le mieux la sensation qu'elle éprouvait et qui augmentait de plus en plus. À quoi pouvait-elle comparer ce halo d'une infinie douceur qui semblait l'entourer ?... De la ouate... C'était ça... De la ouate.

Au même moment, à Tulle, Jo tuait le temps en attendant son arrivée. Il avait marché au hasard et s'était arrêté sur un pont. Dessous, la Corrèze s'écoulait, triste et grise. Pourtant, il se surprit à avoir envie d'y plonger. Par pour s'y noyer, non. Il ressentait de plus en plus nettement une attirance étrange qui lui avait enlevé d'un coup le stress de la rencontre à venir. Il ferma les yeux et s'imagina porté par le courant. La sensation était délicieuse. Tout son corps lui semblait entouré d'un halo, comment dire ?... Il cherchait le mot... Ah, oui : ouaté... C'était ça le mot : ouaté.

— Pour quel prénom ? demanda Marie.

— Mahelle, répondit la jeune fille, avec un « h » et deux « l ».

Comme si c'était une règle immuable que les gens aux prénoms improbables se donnent tous rendez-vous dans les dédicaces. En une heure, elle avait déjà eu droit à Yoana avec un « y », Pierric sans « k », et Mahtieu avec le « h » avant le « t ».

— Vous devriez montrer vos yeux, je suis sûr qu'ils doivent être magnifiques, fit une voix charmeuse.

— Ils ne « doivent » pas, ils « sont », répondit-elle. Mais je ne les montre qu'aux intimes.

Et avec un grand sourire, elle demanda :

— À quel prénom ?

— Jo.

— Ça, c'est bien. C'est court. Comme en plus, vous êtes le dernier, je vais avoir de la place pour écrire un peu plus.

— Alors, écrivez la date du 23 décembre, dit Jo.

— Pourquoi ? demanda Marie.

Après avoir vérifié autour de lui que personne ne pouvait entendre, Jo répondit à voix basse :

— Parce que c'est la date de votre dernière pulsion, et qu'il n'y a que vous et moi qui pouvons le savoir.

Marie se raidit, posa son stylo et fixa Jo dans les yeux. Il enchaîna sans lui laisser le temps de parler :

— Celle-là, elle n'est pas dans votre livre. Je suppose qu'il était déjà écrit. Pour l'heure où elle a débuté, c'est aux alentours de vingt-trois heures quarante-cinq et elle a duré jusqu'à minuit et demi environ.

Marie n'arrivait pas à articuler le moindre mot. Jo poursuivit :

— Je ressens exactement les mêmes pulsions que vous et au même moment. Nous avons sûrement d'autres choses en commun. Ça serait bien qu'on en parle juste nous deux, non ?

Bien sûr, il n'avait pas précisé comment se terminaient ces pulsions pour lui. Il ne savait pas comment elle allait réagir. Et si elle le prenait pour un détraqué, autant ne pas avouer tout de suite les meurtres.

Il serait toujours temps de le faire si elle acceptait de parler plus longuement avec lui.

Elle fit enfin un geste. En tentant de maîtriser au mieux son tremblement, elle reprit le stylo et écrivit sur la page de garde du livre : « Pas ici. Rendez-vous à vingt et une heures au château de Castel Novel à dix kilomètres de Brive. Si vous ne connaissez pas, demandez. »

Jo reprit avec précaution le livre qu'elle lui tendait. Il lut et fit la moue en disant :

— Je connais. Mais j'ai pas les moyens de vous inviter là-bas. Vous ne préférez pas un petit café discret ?

— Ne vous inquiétez pas, c'est moi qui vous invite, le rassura-t-elle.

— Ça rapporte gros la littérature ! dit Jo en souriant.

— Non. Ça, je me le paye moi-même.

Jo la regarda longuement, lui sourit encore une fois, et se dirigea vers la sortie. Il se retint de sauter de joie. Marie n'avait pas bougé. Quand il eut passé la porte, elle se précipita vers la vitrine. Elle le suivit des yeux jusqu'à ce qu'il disparaisse complètement. Elle sentait les battements de son cœur déjà vifs s'accélérer encore.

Elle murmura pour elle-même :

— Jo...

Elle retourna vers la table de dédicaces. Thierry vint la remercier et elle fit des photos avec la vendeuse. Il pouvait se passer n'importe quoi autour, elle n'était plus là. Elle n'entendit même pas Thierry lui proposer de l'inviter à dîner. Une seule phrase occupait toute sa pensée :

— Et si c'était lui ?

La route était glissante et contrairement à son habitude Jo conduisait prudemment. Il y a dans la vie des rendez-vous qu'il ne faut pas manquer. Il avait passé un coup de fil à Rosa pour lui dire de ne pas l'attendre ce soir. Il lui avait dit qu'il était tombé sur des copains qui l'avaient invité à un anniversaire, et qu'il ne rentrerait peut-être pas de la nuit. C'était la première fois qu'il lui mentait vraiment. Enfin, dans le cadre de leur relation. Il faut bien un début à tout, et c'était de bon augure. Le mensonge est essentiel à l'amour.

L'habitude peut tuer un couple parfois, la vérité toujours.

Pendant tout le reste du chemin, il repassa dans sa tête tout ce qu'il savait de Fauvette. Pas grand-chose, en fait. Pourtant, il avait déjà lu trois fois le livre. L'essentiel de son discours était consacré au développement des pulsions qu'elle décrivait avec précision. Le reste était fait de digressions psychologiques sur les meurtriers célèbres et leur façon de procéder. Elle ne livrait que très peu de sa vie privée. On comprenait qu'elle voulait absolument protéger son anonymat.

Les détails intimes étaient minces. Une enfance dans une maison bourgeoise dont elle ne situait pas l'adresse. Des parents sur lesquels elle ne s'attardait que pour dire qu'elle les avait quittés à seize ans. Elle se disait « médecin », entre guillemets, et n'avouait rien de sa situation familiale. Elle évoquait tout juste son caractère entêté et son amour des animaux. La seule chose qu'elle approfondissait vraiment, c'était le viol. Il était raconté avec une précision troublante. Certainement le passage du livre le plus abouti.

Jo gara sa Clio d'occasion entre un coupé Mercedes et un Hummer. Il s'en sentit presque rabaissé. Loin devant les vêtements et les chaussures, le parking est toujours la première vitrine de la différence de classe. Par la fenêtre du petit salon où elle était déjà installée à table, Marie le suivit des yeux.

— Ça ne peut être que lui, se dit-elle, le cœur battant.

Quand il s'assit en face d'elle, elle brûlait d'enlever ses lunettes noires, mais ne le fit pas. La première phrase qui vint à Jo fut une question :

— Vous allez les garder toute la soirée ?

— Pour l'instant, oui, répondit-elle. Il y a encore des clients.

Et Jo osa, en deuxième, la question qu'il s'était pourtant promis de poser en premier :

— Votre vrai prénom, c'est quoi ?

Marie répondit :

— On va garder « Fauvette » pour l'instant.

Ils se fixèrent un long moment sans un mot. C'est le serveur qui brisa leur face-à-face. Ils commandèrent le repas et, ensuite, ne parlèrent que des plats qu'ils avaient choisis et du cadre sublime de l'hôtel-restaurant. Puis, en terminant son Martini blanc, elle se lança :

— Tu vas me raconter ta vie.

— On se tutoie alors ?

— Oui. Ce sera mieux.

— Pourquoi c'est moi qui commence ?

— Parce que je l'ai décidé...

Elle parlait avec la voix captivante des vrais dominants. Ceux qui vous imposent ce qu'ils veulent sans autorité. Uniquement par la justesse de leur intonation. Elle ajouta :

— Tu ne me connais pas beaucoup, mais moi, je te connais encore moins.

— J'ai quand même lu le livre. Trois fois d'ailleurs.

— Donc, tu as remarqué que je disais très peu de choses sur moi.

— Oui.

— Ce que j'ai caché, je te le dirai. Mais après. C'est une histoire assez complexe et il me faudra du temps. Mais avant il faut que je sache tout de toi. Enfin, ce que tu voudras m'en dire. Histoire de vérifier certains de nos points communs, comme tu me l'as dit tout à l'heure.

— Pas de problème.

— Je ne demande qu'une chose. Ne parle pas des pulsions. On y viendra plus tard. Tu comprendras pourquoi… Parle-moi juste de ton parcours.

Et Jo raconta tout en détail. En commençant par la fin. Son appartement à Limoges, son travail de routier et sa liaison avec Rosa. Et en passant par les petits boulots et les familles d'accueil, il termina par la DDASS et ses parents inconnus dont il n'avait jamais cherché à savoir qui ils étaient. Entre les confidences et les questions de Marie, ils en étaient déjà au dessert quand il conclut en disant :

— Voilà, tu sais presque tout…

Et il ajouta :

— J'irais bien fumer une cigarette dehors, moi.

— On va faire mieux que ça. On va commander le café dans ma chambre. Là-haut, tu pourras l'allumer tranquille.

En la suivant dans l'escalier luxueux, Jo avait la sensation d'être dans un film. Il se demanda même s'il n'était pas en train de rêver. Marie avait un corps parfait. Il suivait des yeux ses fesses moulées dans un pantalon blanc. Le parfum qu'elle laissait dans son sillage était envoûtant. Comme, en plus, elle balançait au bout de ses doigts une coupe de champagne, il eut un flash : James Bond raccompagnant dans ses appartements sa conquête du jour.

Il la trouvait terriblement sensuelle. Avec un bémol tout de même. Il ne ressentait pour elle aucune attirance sexuelle. C'était ce qui le troublait le plus. Car, enfin, la situation était plus qu'équivoque. Un dîner en tête à tête avec une femme superbe. Une invitation dans sa chambre. Il avait toujours été gourmand dans ce domaine-là, et son goût pour les femmes l'avait souvent émoustillé dans des situations bien moins engageantes. Là, rien. Absolument rien. Sinon, le bien-être ouaté qui ne l'avait pas quitté depuis le pont sur la Corrèze.

Arrivé dans la chambre immense, décorée grand luxe, elle lui ordonna :

— Assois-toi dans le fauteuil. Moi, je vais rester debout pour l'instant.

Elle se tourna vers le miroir du fond et dégrafa sa perruque qu'elle jeta sur le lit. Elle enleva aussi les lunettes noires et se retourna vers lui. Ce n'était plus la même. Elle était encore plus séduisante. Les cheveux noirs volontairement décoiffés, le visage anguleux mais doux et le regard translucide lui donnaient un look d'héroïne de BD de science-fiction. Elle prit une grande inspiration et attaqua :

— Voilà. Je m'appelle Marie Delacroix. Je suis vétérinaire à Boulogne-Billancourt et je suis lesbienne.

— Ah bon... Et... Euh... À cause du viol, je suppose ? demanda Jo.

— Probablement. Peut-être aussi parce que mon père avait épousé ma mère pour son argent et que je pense qu'il ne l'a jamais vraiment aimée.

Et elle se lança dans un long récit de sa vie sans que Jo l'interrompe une seule fois. Ce n'est que lorsque l'employé du room-service tapa à la porte, vingt minutes plus tard, qu'elle fit la première pause.

— Bonne fin de soirée, dit l'employé en sortant.

Jo prit enfin la parole :

— Pour l'instant, on n'a pas beaucoup de points communs.

— Je vais y venir, assura Marie.

Il était vrai que compte tenu de ce que Marie avait raconté jusque-là, leurs deux vies étaient aux antipodes. Les familles d'accueil pour lui, et le cocon de la bourgeoisie pour elle. Pour lui, les caravanes d'un petit cirque, et pour elle le parc de trente hectares et les huit employés de maison. D'un côté la bagarre pour juste manger, de l'autre les menus soigneusement équilibrés par le chef cuisinier pour ne pas grossir. Sans compter le nom à rallonge : Marie Rose Delacroix Dupré de Moricourt. Le nom de famille de Jo était Simon. Un prénom comme on en donne souvent aux enfants de la DDASS. Trouver des points communs à tout ça n'était pas aisé.

Marie avait raconté que son père, Jean-Paul Delacroix, avait épousé Marie-Ange Dupré de Moricourt en 1970. Seule héritière d'un vignoble et d'un château magnifique, elle était une proie idéale pour un gigolo un peu imaginatif. Elle était plutôt disgracieuse et catholique fervente. Il était beau, hâbleur et terriblement ambitieux. Il se disait homme d'affaires international. Personne ne savait vraiment de quelles affaires il s'agissait. Au bout de quelques mois de présence assez régulière à la propriété, l'« international » l'avait envoyé aux quatre coins du monde de plus en plus souvent.

— Je m'ennuie, lui disait Marie-Ange.

— Comme tu m'ennuies aussi, on peut dire qu'on est raccord, répondait-il cruellement.

Tout ce que Marie venait d'avouer à Jo, elle l'avait appris de la bouche de sa mère un soir de solitude de trop. Même si elle n'avait à ce moment-là que quatorze ans, sa mère la considérait comme une adulte. Elle lui avait confié qu'il y avait bien longtemps que son père ne la touchait plus. Elle savait qu'il était coureur, flambeur. Enfin tous les défauts que trouve une femme à un homme persuadé que ce sont ses qualités

— Pourquoi vous ne divorcez pas ? avait demandé Marie.

— Tu n'y penses pas, Marie. Dieu nous a unis, il n'y a que lui pour nous séparer !

Alors, Marie-Ange tuait le temps entre ses œuvres caritatives et les visites quotidiennes au curé Philippe dans l'église du village voisin. Jean-Paul s'occupait de tout le reste. Il avait délégué la gestion du vignoble à Maya, une excellente gérante, qui devait sans doute être aussi sa maîtresse. Marie-Ange n'y trouvait rien à redire puisque les affaires marchaient. C'était d'ailleurs sa réponse aux « bonnes » amies qui soupçonnaient Jean-Paul de vivre sur son dos. Elle argumentait, tout à fait lucide :

— C'est certain qu'il lui fallait une mise de départ. Mais il l'a fait prospérer. Il est où le problème ?

Ce qu'on appelle un amour potence. Il y en a tant. L'un vivant aux crochets de l'autre et l'autre pendu au cœur de l'un. Parce que ce qu'elle n'osait pas avouer, c'est qu'elle en était folle. Elle lui pardonnait donc tout : les absences, le cynisme, les maîtresses et les repas avec des hommes louches au château. Des types qu'elle n'aimait pas beaucoup. Des étrangers, souvent un peu rustres, qui ne la considéraient pas vraiment. Elle était toujours exclue des conversations, mais elle s'en consolait en priant et priant encore pour que Dieu le change un jour. Et si ça n'arrivait pas, qu'Il le protège quand même. Marie avait osé une métaphore qui la renvoyait à son amour des bêtes :

— Il n'y a que dans le règne humain que les antilopes se complaisent dans les griffes du lion.

C'est au moment où elle avait lâché cet aphorisme que l'employé du room-service était entré et que Marie avait enfin fait une pause dans son récit.

Quelques instants plus tard, Jo reposa la tasse vide, et demanda :

— Et ça se passait dans quelle région ?

La seule précision qu'elle n'avait pas donnée, c'étaient les noms des lieux. Elle avait parlé de château, de vignoble, d'église de village sans les situer vraiment. En fait, Marie voulait ménager ses effets. Chacun de ses mots était pesé pour que le choc qu'elle escomptait plus tard soit à la hauteur de la situation. Comme un scénariste de film à suspense.

— Ne t'impatiente pas, j'y viens tout de suite, promit Marie.

Et là, elle prit une chaise et vint s'asseoir au plus près de Jo. Les yeux plantés dans les siens, il sentait son souffle à fleur de peau. Même cette mise en scène-là, elle l'avait réglée en attendant qu'il arrive. Elle prit encore une longue inspiration. Comme un élan. Ce moment, elle l'attendait depuis si longtemps. Elle se l'était mille fois répété les soirs de blues.

C'était bien lui.

Elle allait enfin pouvoir se libérer.

Elle demanda :

— Jo, c'est bien le diminutif de Joseph ?

— Oui.

— Joseph et Marie, ça t'évoque quoi ?

— Ben... Les parents de Jésus.

Et Marie attaqua la « dernière ligne droite » de sa confession en reparlant de sa mère. Marie-Ange voulait un enfant. Pas dès le début de son union. Elle ne se sentait pas vraiment mère. Mais, au bout de quelques années, quand Jean-Paul avait commencé à mettre de la distance dans leurs rapports, elle s'était dit que c'était peut-être un moyen de le rattraper. Elles sont si nombreuses à faire des enfants lassos. Pour tenter de dompter l'animal sauvage. Ça donne le plus souvent des bébés taureaux inaptes à la corrida. Et Dieu sait si ce monde est une arène !

En 1979, elle avait trente ans. Il n'était pas trop tard, mais, outre le fait que les rapports étaient quasiment nuls, le médecin lui avait trouvé un dérèglement hormonal.

Un des rares soirs où son mari était là, elle avait suggéré :

— Et si on adoptait ?

— Il faut que je réfléchisse, on en parle plus tard, avait répondu Jean-Paul.

Et il avait ordonné aussitôt :

— Tu peux me laisser, j'ai un appel important à passer.

Alors, elle s'était réfugiée chez celui qui l'écoutait quand elle parlait. Le curé Philippe. Depuis des mois, elle lui répétait son envie d'enfant. Une fille seulement. La torture mentale que lui infligeait son amour pour Jean-Paul lui avait donné le dégoût des hommes. Sauf des hommes d'Église, bien entendu, qui n'en sont pas vraiment, puisqu'ils sont chastes… Eux.

Quand Marie prononça la phrase d'après, Jo sentit tout son corps se vider.

Aux premiers mots, il avait déjà tout compris.

Enfin.

CHAPITRE 9

Colombine

Si le fantôme de Colette avait rôdé dans les couloirs, il aurait traversé la porte et serait venu s'installer entre Jo et Marie, une plume à la main. Colette, la grande romancière, bien entendu. Et son ectoplasme n'aurait pas été incongru en ce lieu. C'est dans le château de Castel Novel, devenu aujourd'hui hôtel de luxe, qu'au siècle dernier elle avait épousé Bertrand de Jouvenel qui en était le propriétaire. Ce qu'allait raconter Marie prouverait une fois de plus que, dans le domaine de la dramaturgie, la réalité est bien plus féconde que l'imagination de n'importe quel écrivain.

Marie se décida enfin à citer précisément les lieux. Le village de Vully-en-Auxois était situé à deux kilomètres du château de ses parents et à une trentaine à peine de Beaune. La nuit du 31 décembre 1979, le curé Philippe trouva deux enfants abandonnés dans un carton sur les marches de son église. Il y avait un mot griffonné d'une écriture malhabile : « Ce sont des jumeaux. Je ne pourrai pas les élever. Prenez-en soin. »

Il y eut un très long silence. Jo allait ouvrir la bouche pour parler, mais Marie lui mit délicatement la main sur les lèvres.

— Chut... Attends de tout savoir.

Et elle reprit son récit. Elle raconta que le curé Philippe avait téléphoné à Marie-Ange immédiatement.

— Venez tout de suite, j'ai peut-être un enfant pour vous.

Quand elle était arrivée, il lui avait confié qu'il avait déjà donné des prénoms aux enfants : Joseph et Marie. La première réflexion qu'avait faite Marie-Ange, le curé s'y était préparé.

— Mais je n'en veux pas deux. Je ne veux que la fille !

— Ne vous inquiétez pas, Marie-Ange, répondit-il. J'ai eu le temps de réfléchir. J'ai une idée.

Il lui proposa de prendre tout de suite la petite fille et de la cacher chez elle. Il savait que l'aile du château dans laquelle elle logeait était isolée de tout. L'enfant pourrait parfaitement passer inaperçue.

— Vous n'aurez qu'à mettre la vieille Lise dans la confidence. Celle-là ne vous trahira jamais. Elle est un peu naïve et ne manque pas une messe. Je lui promettrai l'enfer si elle dit quoi que ce soit.

— Mais le reste du personnel ? Et mon mari ?

— J'y ai pensé. Il va falloir faire croire que cette petite est à vous. Jean-Paul est ce qu'il est, mais il est plus maladroit que méchant. Et même s'il s'aime beaucoup plus lui-même, il vous aime aussi. Il sera ravi. Je vous le jure.

Marie-Ange laissa couler une petite larme. Le curé la bénit, l'assura de la protection de Dieu, et enchaîna, plus pragmatique :

— Dès que vous le pourrez, quittez le château. Prétextez pour vos amis et le personnel un besoin soudain de découvrir le monde. Ça ne les surprendra pas, vous avez toujours eu envie de voyager.

— Oui, mais je voulais partager ça avec Jean-Paul, mais, chaque fois...

— Je sais, l'interrompit le curé. Je sais. En l'occurrence, c'est un secret que vous partagerez. Je sais aussi qu'il a des relations haut placées un peu partout dans le monde. Demandez-lui de vous choisir un asile. La maison d'un ami pour vous y poser le temps de votre grossesse imaginaire. Et puis vous reviendrez dans un an en disant que ce bébé est le vôtre.

Marie-Ange resta un long moment indécise. Elle argumenta sur le côté légal de la chose. Le curé la rassura :

— Avec les relations votre mari, même si j'en désapprouve la plupart, ça ne devrait pas être bien difficile de faire une fausse déclaration de naissance.

La dernière réticence était tombée. Marie-Ange prit la petite fille dans ses bras et partit sans un regard pour l'autre enfant.

Jean-Paul, comme le lui avait prédit le curé, avait été ravi de la nouvelle. Marie-Ange s'attendait à ce qu'il la traite de dégénérée, comme il se plaisait tant à le faire. Au contraire, il fut d'une compréhension et d'un réconfort surprenants. Il alla même jusqu'à lui dire que l'arrivée de cet enfant était une bénédiction. Peut-être moins par élan paternel qu'en réflexe d'homme d'affaires : il avait en main le produit fini !

Quelles que fussent les véritables motivations de son enthousiasme, Marie-Ange ne l'en aima que plus. En une journée seulement, il trouva un point de chute à l'étranger : la magnifique villa de son plus fidèle collaborateur, au bord du lac Léman. Il avoua même à Marie-Ange que le fait d'impliquer dans cette affaire, si intime et si belle, un de ses partenaires de ce monde des affaires si intraitable avait quelque chose de purificateur.

Où l'âme humaine va-t-elle chercher tout ça ?

Et c'est ainsi que Marie-Rose Delacroix Dupré de Moricourt naquit officiellement dans une immense propriété privée à Vevey en Suisse. Tarik Sahir, le principal associé de Jean-Paul, avait accepté avec une grande joie d'être l'alibi de cette fausse grossesse. Marie-Ange y passa un an aux petits soins. Jean-Paul venait souvent. Comme si ce bébé avait enfin réveillé en lui ce qu'elle attendait tant.

Un médecin local, en échange d'une somme confortable, délivra un certificat de naissance. Marie fut donc enregistrée en Suisse avant d'être déclarée officiellement à la mairie de Vully-en-Auxois. Et c'est rayonnante que Marie-Ange ramena « sa » fille au château. On organisa même une fête grandiose, où, bien entendu, le curé Philippe fut le premier invité. Il leva son verre à la providence qui avait autorisé ce conte de fées. Il n'en leva bien sûr pas un autre à la DDASS à laquelle il avait confié Jo.

Péché par omission. Véniel ? Non, mortel.

Le bonheur des uns va rarement sans un peu du malheur des autres.

À la fin de sa confession, Marie attendait un flot de questions de Jo. Il n'y en eut qu'une. Plutôt anodine compte tenu de l'ampleur de la révélation :

— Mais comment as-tu appris tout ça ? C'est ta mère qui te l'a dit ?

— Non. En 1996, le curé Philippe était sur le point de mourir. Un soir, il m'a demandé de venir dans son presbytère, et là il m'a tout confessé. Le cancer de la prostate le faisait atrocement souffrir. Mais il m'avoua que les remords le faisaient souffrir plus encore. Et surtout, il était terrorisé à l'idée que Dieu ne lui pardonne pas.

— Pourtant, il avait fait ton bonheur et celui de ta mère.

Marie hocha la tête en souriant. Décidément, c'était un jour de grâce. Jo était si touchant. Elle aurait pu tomber sur un imbécile, un méchant, un égoïste. Et ce « frère » tant espéré ne voyait que son bonheur à elle. Elle dit :

— Mais c'est à cause de toi qu'il culpabilisait, le pauvre homme ! Il t'avait confié à la DDASS comme enfant unique. Il avait choisi le confort pour moi et la galère pour toi. Pour un homme de bien, vivre avec cette idée devait être insupportable. Je me suis même étonnée qu'il ait pu garder un secret si lourd jusqu'à mes seize ans.

Le plus déroutant dans la réaction de Jo, c'est que, pris par le récit, il n'avait même pas eu le moindre sentiment d'injustice. Et pourtant ! Tout ça était sordide. L'homme de Dieu avait ajouté un deuxième abandon au premier. C'est d'ailleurs ce qui avait le plus bouleversé Marie. Elle confia alors à Jo qu'à la suite des aveux du curé, elle avait tout fait pour le retrouver.

— Mais la DDASS de Dijon avait perdu ta trace après ton passage dans la famille d'horlogers de Beaune, conclut-elle.

Elle se leva de la chaise et, sans un mot, fit plusieurs tours de la chambre, en balançant les bras comme un sportif qui cherche le relâchement. Elle s'arrêta devant la fenêtre, écarta le rideau et dit sans se retourner :

— Quand tu m'as révélé nos pulsions communes, je savais que c'était toi.

Jo resta très longtemps la tête dans les mains. Muet. Marie se tut aussi pour ne pas en rajouter. Tout ça était déjà bien éprouvant. Au bout de dix longues minutes, Jo sortit de sa torpeur et dit calmement :

— Il va falloir qu'on les comprenne maintenant, ces pulsions.

— On peut peut-être boire un autre café avant ?

— Oui. On va en avoir besoin.

— Commande-le. En l'attendant, je vais me doucher. Ça aussi, j'en ai besoin.

Elle partit vers la salle de bains et au moment d'y entrer se retourna et dit, les larmes aux yeux :

— De toi aussi, j'en avais besoin... Je sais, c'est pas très bien dit, mais, nom de Dieu, depuis que je sais que tu existes, tu peux pas savoir comme tu m'as manqué !

Après avoir appelé le room-service, Jo ferma les yeux. Le bruit de l'eau qui ruisselait s'amplifia en écho dans sa tête. Comme s'il pleuvait en lui. Une pluie purificatrice, qui emportait ses solitudes, ses questions sur ses origines, toutes ces années sans vraie famille. À partir d'aujourd'hui, il avait quelqu'un du même sang que lui.

Comme tout le monde.

Elle sortit de la douche nue. Impudique à souhait, elle tomba sur le lit, bras en croix, en soupirant :

— Putain que ça fait du bien !

Jo resta calé dans son fauteuil. Il regarda un instant le plafond, comme pour fuir cette vision qui le dérangeait un peu. Puis il se dit qu'il n'y avait rien de plus normal. C'était sa sœur. Pas depuis longtemps, mais c'était sa sœur ! Il fallait juste s'habituer.

Il demanda :

— Donc, tout ce que nous ressentons à distance vient de notre… jume… jame… Comment on dit déjà ?

— Gémellité, dit Marie. Fausse. Puisque les vrais jumeaux sont toujours du même sexe. Nous, c'était chacun dans son œuf. Mais sûrement qu'au départ, on était dans le même. Ça arrive parfois. On appelle ça des jumeaux intermédiaires. Pendant mes études, je suis sortie, un soir, avec une future embryologiste. Elle m'avait expliqué tout ça. Et puis elle m'avait raconté des phénomènes étonnants de correspondance à distance entre jumeaux. Maintenant qu'on se connaît, on va pouvoir les vérifier… Tiens, j'ai souvent des étourdissements, je suis sûre qu'à ce moment-là tu ressens une émotion particulière.

— C'est possible, fit Jo.

— Tout à l'heure, quand tu me racontais ta vie, tu m'as dit que tu avais failli te noyer. Tu te rappelles quand ?

— Bien sûr. En hiver 1998, en novembre exactement, j'ai pas la date exacte.

— Moi, je crois que je l'ai. Le 18. Ce jour-là, d'un coup, sans raison, je ne pouvais plus respirer. Comme si je me noyais justement. Heureusement, il y avait près de moi une fille qui faisait du secourisme. Elle m'a fait du bouche-à-bouche. Quand j'ai recommencé à respirer normalement, elle s'est écartée, mais on a continué à se regarder dans les yeux. Et on a remis ça. Pour le plaisir. Eh bien, ça, c'était ma première fois avec une fille.

— C'est ça qui a tout déclenché ? demanda Jo en souriant.

— Oui. Alors tu parles que la date, je m'en souviens !

Ils se mirent alors à énumérer des phénomènes inattendus. Ils en trouvèrent une bonne dizaine. Ils oublièrent quand même la colère de Jo contre le flic devant la librairie au moment ou Marie virait sa femme de chambre sans raison. Et aussi, la ouate de l'après-midi, qui les nimbait de la même manière au fur et à mesure qu'ils se rapprochaient l'un de l'autre pour la première fois.

Le liquide amniotique ?

Marie s'était mise à plat ventre, tournée vers Jo. Elle avait attrapé dans la corbeille de fruits une pêche qu'elle croquait à pleines dents. Jo venait d'allumer une cigarette et était allé entrouvrir la fenêtre. Il cherchait comment aborder le sujet qu'il redoutait, et qui maintenant lui paraissait le plus important : ses meurtres.

Sans le vouloir, elle lui tendit la perche :

— Finalement, elles ont eu du bon, ces pulsions. Sans elles, on ne se serait peut-être jamais connus.

Jo hésita, puis se dit que c'était le moment. Il se lança, la gorge nouée.

— Elles n'ont rien de bon, ces pulsions, Marie... Parce que toi, tu ne passes pas à l'acte... Mais moi, si.

Elle se redressa d'un coup, puis resta un instant le regard dans le vague et ordonna, d'une voix brisée :

— Ferme la fenêtre, j'ai froid.

Et elle s'enveloppa dans la couverture. Comme si soudain son impudeur était déplacée.

— Ça... ça veut dire que... que... tu as tué treize personnes ?

— Oui... C'est pour ça que tes pulsions mettent plus ou moins de temps à s'arrêter... Le temps que je finisse les victimes.

Et Jo raconta tout : la voix, l'arme, le voile et la tétanie. Et, sans entrer dans les détails, chacun de ses meurtres, à chacune de ses pulsions à elle, la nuit. Pour le « suicide » de Raymond, Marie lui confirma un cauchemar au cours d'une sieste, l'après-midi. Elle était livide. Au meurtre de Julius, elle se dressa et se précipita dans la salle de bains pour vomir. Elle revint, le visage défait, et s'écroula sur le fauteuil en pleurant. Elle sanglota :

— Tout est ma faute… Tout. Je suis aussi coupable que toi.

Au fur et à mesure du récit sanglant de Jo, elle avait tout recoupé. Elle tenta de contenir ses sanglots le plus possible et se mit à parler. Jo allait enfin connaître la clé de tout. Le cérémonial du processus, elle en avait toutes les explications. Même si elles échappaient à toute logique, ça ne pouvait être que ça. Sans doute à cause d'une puissance inconnue liée à leur gémellité. Une transmission émotionnelle d'une force incroyable dont même les plus grands scientifiques n'avaient sûrement jamais entendu parler. Sinon, ça se serait su. Forcément. Au nom de la prévention.

Et elle raconta à Jo ce qu'elle n'avait pas dit dans son roman sur la journée du viol. Parce que ça lui semblait n'avoir aucune importance. Maintenant qu'il lui avait avoué le processus, certains détails devenaient déterminants. « Se venger », ça, il savait pourquoi. Le viol de l'homme en cagoule avait été effroyable. Il avait eu lieu dans sa chambre au château. Personne n'avait rien vu, ni entendu. L'homme était arrivé de nulle part et reparti dans la nuit sans laisser de trace. Le « celui-là » que lui commandait la voix était bien, comme Jo l'avait pressenti, l'ordre de tuer un homme en noir, ou par association d'idées un homme dans l'ombre.

Et puis, le matin du viol, pour la première fois de sa vie, elle avait assisté à une scène qui l'avait bouleversée. Elle avait vu comment la cuisinière achevait les lapins avant de les dépecer. Un coup du tranchant de la main derrière la tête… *Atemi*… Ça l'avait traumatisée au point de courir vers le clapier et d'en ouvrir toutes les grilles pour libérer les futures victimes de ce qu'elle considérait comme un assassinat barbare. Et plus elle libérait les lapins, plus elle tremblait. Si le jardinier, dont elle avait une peur bleue, l'avait surprise, il aurait hurlé. Alors, elle se répétait en boucle :

— Ne pas me faire prendre... Ne pas me faire prendre...

Et, pour finir, il y avait la couleur de la robe qu'elle portait ce jour-là et dont le violeur lui avait couvert le visage pour étouffer ses cris : rouge.

Toute une journée d'enfer.

L'incroyable amalgame !

La tétanie, le voile rouge, l'arme, et la voix de petite fille bien sûr :

« Se venger... Ne pas se faire prendre... Celui-là. »

Jo lâcha pour lui-même :

— Et la « poigne » évidemment.

Les Counil ne l'avaient pas empoisonné. Ce feu aux entrailles en pleine nuit du 20 novembre 1992, c'était l'intolérable brûlure du sexe du violeur dans le ventre de Marie.

Cette fois, tout y était.

Jo et Marie ne se dirent plus un mot. Ils se prirent par la main, se dirigèrent vers le lit et se blottirent sous les draps.

Collés.

Scellés.

Et ils s'endormirent au même moment.

Dévastés.

Exténués.

On frappa à la porte. C'était le room-service pour les cafés. Avec une demi-heure de retard. Ils ne répondirent pas. L'employé les maudit de lui avoir fait monter les escaliers pour rien. En les redescendant, il grogna :

— Ces putains de clients ! Des fois, j'ai envie de les tuer.

Chacun ses pulsions !

Ils se réveillèrent tard avec la gueule de bois. Un mal-être qui, par bonheur, commença à s'effacer lentement dès le premier café. Ils déjeunèrent en silence et, après la première cigarette, Jo se décida à parler :

— Il faut qu'on trouve une solution pour arrêter tout ça, ou du moins qu'on essaie.

Marie se leva sans un mot et se dirigea vers la salle de bains. Jo tritura son cerveau, et quand elle revint lui soumit une hypothèse :

— Si on arrivait à retrouver celui qui t'a violée, il y aurait peut-être une chance.

— Une chance de quoi ? répondit Marie.

— Tout vient de lui. Si on s'en débarrassait, peut-être que tout s'arrêterait.

Marie ne disait rien. Elle avait le regard noir. Jo poursuivit :

— Dans le livre, tu dis que tu n'as jamais su qui c'était. On peut enquêter, chercher. En fouillant dans ta mémoire, il y a sûrement un détail auquel tu n'as pas prêté attention et qui peut s'avérer capital. On peut aller voir sur place aussi. Même après tout ce temps, il y a peut-être des indices, quelque chose. Il y a une série qui s'appelle *Cold Case*. Ils retrouvent des coupables des années après. Je sais qu'on n'est pas à la télé, mais on sait jamais.

Jo avait parlé longuement. Marie ne prononça qu'une phrase qui le glaça :

— Je sais qui c'est.

Après un silence, Jo demanda :

— Pourquoi tu...

Elle le coupa :

— C'est mon père.

Et elle se laissa tomber sur le bord du lit et partit dans une nouvelle confession terrible. Par bonheur, ce serait la dernière de ce huis clos hallucinant.

Elle raconta que quelques instants seulement après le viol, sa mère était entrée dans sa chambre. Elle l'avait prise dans ses bras et lui avait chuchoté :

— Je sais ce qui vient de se passer. C'est la première fois, mais ce sera la dernière. Je te jure que ça n'arrivera plus. Mais il faut que tu n'en parles à personne. Si tu en parles, ça recommencera. Alors, s'il te plaît, ne dis rien… Surtout, ne dis rien.

Le grand silence des maisons bourgeoises.

Celui qui a enterré tant de blessures irréversibles.

Et puis elles avaient beaucoup pleuré, serrées l'une contre l'autre, unies dans la même détresse. À aucun moment Marie-Ange n'avait parlé de son père. Mais Marie était certaine que c'était lui.

— Tu as tout inventé, il n'était pas cagoulé ? demanda Jo.

— Si. Tout en noir et cagoulé. Mais j'ai reconnu son eau de toilette. S'il y a une chose qu'une petite fille peut reconnaître entre mille, c'est le parfum de son père.

— Et le lendemain ?

— Le lendemain, j'ai fait comme s'il ne s'était rien passé. Quand je croisais mes parents, je les sentais gênés, bien sûr. Mon père ne m'a plus jamais prise sur ses genoux et la vie a continué quand même. Je me suis réfugiée un peu plus auprès de mes animaux.

— Tu n'as jamais pensé à t'enfuir ?

— Pour aller où ? J'avais été élevée dans un cocon. Dehors, tout me faisait peur. Ce n'est qu'après la confession de l'abbé Philippe que j'ai décidé de partir. J'avais seize ans. Un soir, j'ai réuni mes parents. J'avais choisi de ne rien dire de ce que je venais d'apprendre. Je leur ai juste demandé de ne jamais chercher à me retrouver, en leur précisant qu'ils comprendraient sûrement pourquoi. Je n'en ai plus jamais entendu parler.

Jo vint la serrer dans ses bras, puis se redressa et resta un long moment noyé dans ses pensées, face à la fenêtre. Dehors, il contempla un vol d'oiseaux migrateurs. Ils partaient vers le soleil. Ils n'arriveraient pas tous. Il y aurait les prédateurs, les chasseurs, le mauvais temps.

La vie, quoi ! Sans pitié.

Il demanda :

— Tu te sens capable de tuer ton père, pour qu'il y ait une chance que ce cauchemar s'arrête ?

Marie répondit sans hésiter :

— Oui.

Quand Jo quitta le château de Castel Novel, le ciel était bas. Il eut presque une sensation de beau temps tant les heures qu'ils venaient de vivre avaient été accablantes. Marie et lui s'étaient quittés sur une dernière étreinte. Ils s'étaient blottis de longues minutes sans un mot l'un contre l'autre, comme des enfants apeurés. Ils avaient conclu leur incroyable face-à-face en se promettant de tout faire le plus rapidement possible pour que le cauchemar s'arrête. Ils avaient décidé que Jo la rejoindrait à Boulogne le vendredi suivant. Ils passeraient la nuit chez elle et le lendemain, ils partiraient ensemble pour Vully-en-Auxois. Le plan de Marie était de se rendre au château pour renouer les liens avec ses parents. Un premier contact... Après, ils improviseraient.

La première chose que fit Jo en entrant dans sa voiture fut de remettre son portable en marche. Il l'avait coupé en franchissant le seuil du Relais & Château. Il constata qu'il avait eu trois appels manqués de Rosa. Il l'appela aussitôt. Il avança tout de suite l'excuse standard de tous les menteurs de ce siècle numérique :

— J'avais plus de batterie !

Ils échangèrent quelques mots ordinaires, et elle lui annonça :

— J'ai une bonne nouvelle.

L'espace d'un instant, il se prit à rêver de la révélation d'une grossesse. Elle le fit tomber de son petit nuage :

— Samedi prochain, j'ai une possibilité. On peut aller passer une nuit quelque part. Dans un petit hôtel, si tu veux, pour changer de ton appartement.

Encore un joli clin d'œil du hasard. Instantanément, sa « machine à faux prétextes » se remit en route.

— Oh, merde ! C'est dommage. J'avais promis depuis longtemps à Christine, tu sais, la veuve de mon ami Julius, que je passerais le week-end avec elle. C'est le premier anniversaire de sa fille Clémence sans son papa.

Plus on donne de détails, plus on est crédible. Rosa fut, comme à son habitude, merveilleuse de compréhension. Et pour parachever cet après-midi de faux-semblants, Jo s'arrêta chez un copain routier à Brive pour dîner. Histoire de bétonner l'alibi de la nuit prétendument passée chez lui après un anniversaire arrosé.

Quand il arriva à son appartement, il ne pensa qu'à prendre un bon bain. Un vrai. Tant il est vrai que pour tout ce qui concerne les sanitaires et la literie, on est toujours mieux chez soi. On n'en sort ni plus propre ni plus reposé qu'ailleurs, mais c'est ainsi. Il alluma machinalement la télé, avant de passer dans la salle de bains. Aux premières notes du générique, il revint et appuya sur la télécommande avec véhémence.

— Ah, non, pas ce soir !

Il vit entrer l'accusé, mais il ne le vit pas sortir ! L'émission star de France 2 était vraiment le seul programme qu'il n'avait pas envie de regarder. Il en avait sa dose de fourberies, crimes et enquêtes en tout genre. D'ailleurs, la perspective d'une semaine de répit, avant le week-end avec Marie, le réjouissait d'avance. S'il n'y avait pas de pulsion d'ici là, il allait peut-être pouvoir digérer tranquillement les révélations ahurissantes de la veille. Par bonheur pour lui, il n'y en eut pas. Mais dès le lendemain, un nouveau personnage fit irruption dans son cauchemar : un flic. Un vrai. Un enquêteur comme il y en a dans toutes les affaires criminelles.

Il était temps !

Depuis le début de cette histoire, c'est la seule chose qui manque, non ?

L'inspecteur Crépeau était presque une caricature de la police de papa. Il n'avait pas quitté son imperméable. Il triturait son chapeau mou d'une main pendant que l'autre pianotait sur le bureau.

— Il ne va pas tarder, le rassura Édouard.

« Colombine » répondit :

— J'ai tout mon temps.

Jean-Claude Crépeau était un besogneux. Un quelconque qui ne se rêvait grand qu'à force de perspicacité. Sans forfanterie ni coup de force à la « inspecteur Harry ». Un anti-flic d'aujourd'hui, muscles tendus sous blouson en jean. Il cultivait comme un Graal sa défiance des apparences. Le surnom que lui avaient donné ses collègues en était l'exemple type. Il avait toujours fait mine de l'ignorer. Et il s'appliquait à justifier chaque jour sa phrase de chevet désuète : « Rira bien qui rira le dernier. »

« Colombine » !

C'était ridicule. Il savait qu'on l'avait affublé de ce surnom pour sa propension à jouer les inspecteurs Colombo mêlée à son allure apprêtée, ses implants capillaires, ses ongles impeccablement faits et le parfum pour homme dont il s'inondait. Et il n'était pas homosexuel. Surtout pas. Un peu homophobe même. Preuve que, une fois de plus, comme le lui imposait sa règle de conduite, il ne faut jamais se fier aux apparences.

Édouard le toisait, un sourire en coin. Quand Jo pénétra dans le bureau du patron, les présentations furent sommaires et on entra tout de suite dans le vif du sujet. On avait arrêté en flagrant délit, en Bretagne, un routier assassin qui avait avoué neuf meurtres d'homosexuels. Après enquête, la police en avait recensé un dixième très plausible près de Châteauroux, mais qu'il s'entêtait à nier. Il en rejetait la responsabilité sur un chauffeur des transports Lavoie. Un grand type, un peu penché en avant. On avait transmis l'information à l'inspecteur Crépeau pour qu'il retrouve cet homme, l'interroge et rende compte à la police de Rennes.

Jo, la gorge un peu nouée, se contenta de dire :

— Pourquoi j'aurais fait une saloperie pareille ?

Édouard fut plus véhément :

— À part le témoignage de ce dingue, vous avez des preuves, des indices ?

— Aucun, monsieur.

— Alors, je ne veux pas vous empêcher de faire votre boulot, mais soyez prudent. Jo est un chauffeur et un homme irréprochables. De l'autre côté, vous avez un fou qui ne doit pas en être à une saloperie près. Il suffit qu'il ait une petite rancœur, une vengeance pour une histoire de bahut, et hop ! le tour est joué.

— Vous avez certainement raison, monsieur Lavoie, fit Colombine. Vous savez, c'est la routine. Je suis obligé. Ne vous inquiétez pas. Je vais m'entretenir avec M. Simon quelques instants, pour la forme. Je rédigerai un rapport anodin, et vous n'entendrez plus parler de cette histoire.

— Ce serait mieux pour tout le monde, conclut Édouard. Quand on touche à un de mes hommes, surtout quand il est honnête comme Jo, c'est à moi aussi qu'on s'en prend. Et moi, en trente ans, je n'ai jamais eu le moindre problème avec la police. Mon excellent ami, le commissaire Gely, pourra vous le confirmer.

La dernière phrase avait été suffisamment appuyée pour que Colombine enregistre bien la menace sous-entendue. L'inspecteur prit sa mine la plus condescendante et dit, toujours d'une voix tremblotante :

— Il n'y aura aucun souci, monsieur Lavoie.

En sortant du dépôt, Colombine bombait le torse. Mais sous l'imperméable, ça ne se voyait pas. Son petit corps potelé était tellement informe que même un haussement d'épaules passait inaperçu. Il était fier de lui, Colombine. Très fier. Il la tenait enfin, « son » affaire. Il savait que ce serait long et délicat, mais à cette seconde, il était certain qu'il relierait tous les fils et que sa perspicacité triompherait. Il imaginait déjà les moqueurs l'acclamer. Ah, ça, c'est sûr ! La belle inspectrice Froidefond ne l'appellerait certainement plus : « Eh, machin ! »

Il avait été parfait. Le regard fuyant et la voix tremblotante au bon moment. Il s'était délecté de la suffisance d'Édouard et du léger tremblement qu'il avait observé aux paupières de Jo. Le signe de la culpabilité, d'après ses minutieuses analyses du comportement. Il jubilait. Il murmura pour lui-même :

— Des preuves ? Bien sûr que j'en ai. Enfin, surtout de fortes présomptions, pour l'instant. On va juste les recouper pour être sûr... Et après...

Jo aurait dû maîtriser sa rancœur et ne pas rouler de colère sur la tête du vigile de Nantes. Les photos des traces de pneus dans le sang ne signifiaient pas grand-chose. Sauf pour un petit inspecteur de Limoges qui avait fait le voyage en Loire-Atlantique exprès. Ça avait donné une punaise rouge de plus enfoncée sur la carte affichée dans son bureau. Il en était déjà à quatre. Quatre endroits où Jo se trouvait à proximité d'une mort violente : la double voie après la station-service de Boismandé, un petit chemin dans la campagne près de Figueras, l'aire de repos des « Blés d'or » au nord de Châteauroux, et le parking d'un supermarché de Nantes.

Ce n'étaient que des éventualités à fouiller. Mais tous ces lieux étaient sur son itinéraire professionnel. Et il y avait eu à proximité soit un accident atroce, soit un crime inexpliqué. C'est la dénonciation de Roland qui avait tout déclenché. Un feeling. Un pressentiment. Et au prix d'un travail de fourmi et de longues nuits passées sur son ordinateur relié à toutes les polices de France, Colombine l'obscur, Colombine le besogneux, Colombine le risible avait tissé sa toile.

En arrivant au commissariat, il eut une bonne nouvelle de plus. Celle-là due au hasard des amitiés professionnelles. Dès le début, il avait alerté tous ses copains de concours d'entrée dans la police. Il leur avait demandé comme un service de le prévenir s'ils trouvaient le nom de Jo dans quelque affaire que ce soit. L'e-mail qui l'attendait sur son bureau le rendit fou de joie :

« Jo Simon a été entendu comme témoin dans l'affaire d'un taxi assassiné à Levallois. Bonne chance, Jean-Claude ! »

L'« enquête » de Jo s'était terminée au château de Castel Novel.

Celle de Colombine était en bonne voie.

Et Marie attendait avec impatience son voyage en Bourgogne.

Pour une révélation… Une de plus.

CHAPITRE 10

Tarik

Le vendredi 8 février, à vingt-deux heures, Marie et Jo entrèrent au Venizio, main dans la main, comme des amoureux. Le patron faillit en tomber à la renverse. Il lança une exclamation illustrée d'une gestuelle digne des pensionnaires de chez Michou :

— Ouououhaaa ! Alors là, j'y comprends plus rien. Regarde-la, celle-là ! Au moment où on va avoir bientôt le droit de se marier, la voilà qui divorce !

Rosa éclata de rire et fit les présentations :

— Bruno, je te présente Jo... Jo, je te présente la « patronne ».

En les accompagnant à la table, Bruno ne put s'empêcher d'en rajouter :

— En même temps, vu le charme de l'animal, je te comprends. C'est pas juste. Il devrait y avoir des chasses gardées !

En le regardant s'éloigner, Jo demanda faussement naïf :

— Y a que des pédés à Paris ?

— Non, répondit Marie. Mais ils se cachent moins qu'en province.

Et elle passa la moitié du repas à lui détailler les particularités de ce qu'elle appelait « la réserve d'Indiens ». Ce petit bloc d'arrondissements branchés du centre de Paris où rien n'est tout à fait comme ailleurs. Les attitudes, les regards, les jugements. Et puis ce langage étrange où les mots dominants sont : cool, kiss, shake, winner, top, mail, loose, jet lag et break. Sans compter évidemment l'inévitable : « À plus ! » qui est une promesse de se revoir et non pas l'indication de son groupe sanguin.

La conversation glissa ensuite sur les animaux… les vrais. Ceux qu'elle aimait bien plus que les humains. Ils évitèrent évidemment, vu la proximité des tables, de faire la moindre allusion à leur histoire. Ce n'est qu'une fois dans la voiture, en rentrant à Boulogne, qu'ils tentèrent de se rassurer mutuellement.

— Ça fait quand même plus d'un mois que j'ai pas fait de cauchemar, dit Marie.

— Oui. C'est la première fois que ça nous fout la paix aussi longtemps.

Bien sûr, ni l'un ni l'autre n'osèrent dire : « Et si c'était fini ? »

Jo demanda quand même :

— Tu es bien sûre que tu te sens de retourner à Vully ?

— Oui, dit Marie avec autorité. Même si ça ne sert à rien, il me tarde de voir leur gueule quand je leur dirai qui tu es.

En passant le pas de la porte de l'appartement de Marie, Jo était ému. Ils s'étaient donné rendez-vous directement au Venizio, et là, il découvrait son petit monde pour la première fois. Toutes ces particules intimes des lieux qui en disent tant sur ceux qui les habitent. Il remarqua tout de suite les angles, le fer, le verre et les cassures. Une décoration moderne sans courbes. L'envers de son décor à lui, tout en douceur et en moelleux. Chez lui l'arrondi, ici l'acéré. Même les tableaux aux murs. Avec un point commun tout de même : l'animalité. Chez lui les chatons dans la panière, kitch à souhait. Ici un hérisson stylisé, le dos en herse de métal. Sans doute le reflet du rejet de chacun. Elle du cocon douillet et des draps de soie, lui des barreaux de lit rouillés et des serviettes rêches.

Ils parlèrent encore d'eux autour d'un verre. Surtout de lui. Jo détailla un peu plus son amour pour Rosa, et l'enfant qui allait peut-être venir. À minuit, Marie partit se coucher. Elle lui avait préparé la chambre d'ami. Il en était presque contrarié. Leur nuit enlacés l'avait tellement rassuré. Mais ce n'était pas grave, il y en aurait sûrement d'autres. Il s'avachit dans le canapé et zappa au hasard. Le magazine de société de Michelle passait encore en rediffusion. Il s'y arrêta plus par mémoire que par intérêt. Le sujet du jour était : « Mon mari m'a quittée pour un homme, comment dois-je l'annoncer à mes enfants ? » Décidément, c'était la soirée !

Il s'apprêtait à éteindre la télévision quand sa main se tétanisa. Presque aussitôt, il entendit la porte de la chambre de Marie claquer et elle apparut, livide, au bout du couloir. Comme après chaque cauchemar, sa démarche était instable. Ce mauvais rêve, elle n'en avait jamais un souvenir vraiment précis, si ce n'était l'entremêlement flou de ces vieux agressifs tout en noir au visage de mort. Cette vision restait toujours imprégnée dans sa rétine pendant une ou deux minutes. Son corps ne retrouvait l'équilibre que lorsqu'elle s'effaçait. Elle prit appui quelques instants contre un meuble, puis s'approcha du canapé d'où Jo la fixait sans un mot et lui dit, d'une voix autoritaire :

— Je t'accompagne.

La sensation était étrange. Les deux voix s'étaient mêlées. Celle de la petite fille continuait sa litanie :

« Il faut se venger… Ne pas se faire prendre. »

Pendant qu'ils rejoignaient le parking, l'autre voix, la vraie, dit :

— J'ai une idée. Je sais où on va aller.

Ils traversèrent le bois de Boulogne. Jo contemplait pour la première fois le peuple des « mi ». Mi-hommes, mi-femmes, avec des cuissardes à mi-cuisses, détaillés par des hommes mi-curieux, mi-clients au volant de voitures qui se suivaient à mi-distance. L'autre moitié d'un monde. Celle qui défoulait ses fantasmes, pendant que l'autre moitié, endormie, se contentait de les rêver.

Marie conduisait. Dès qu'ils prirent la rue qui longe l'ambassade de Russie, elle dit à Jo :

— Là, on va trouver.

Ils ne croisèrent personne, et, arrivée au bout, Marie tourna, fit le tour du pâté de maisons, et reprit le même chemin. Elle fit trois fois la manœuvre sans que Jo pose la moindre question. Pour une fois, il avait un complice, un coéquipier, une moitié de conscience adjointe. À eux deux, ça en faisait une complète. Il se sentait définitivement invulnérable.

Au troisième passage, il aperçut un homme, planté sur le trottoir, comme sorti de nulle part. Marie se gara à sa hauteur, éteignit les phares et baissa le dossier de son siège. Puis elle remonta sa robe en dévoilant son sexe, cuisses ouvertes. L'homme colla son nez à la vitre. Elle commença à se caresser et baissa le carreau à mi-hauteur. L'homme se masturbait. La température était glaciale et, à chaque souffle qui s'accélérait, il exhalait une buée impressionnante. Jo eut un soupçon d'admiration pour son érection. Pas à cause de la taille, à cause du froid. Marie dit, racoleuse :

— Tu montes ? On fera ça au chaud. On te ramènera après.

L'homme s'installa à l'arrière. Dès qu'elle eut démarré, il demanda :

— On va loin ?

— Non. À Boulogne, chez nous.

L'homme désigna Jo et demanda :

— Vous êtes bi ?

— Non, répondit Marie, il se contente de regarder. Mais il va falloir assurer, je suis une grosse gourmande.

Le petit détail qui crédibilise tout. Celui qui venait de faire d'un chasseur une proie. Marie la connaissait par cœur, cette rue que les nuiteux parisiens appellent l'« allée des branleurs ». Les soirs de défonce, elle y venait parfois avec Chloé. Pas pour le sexe, pour le spectacle. Histoire d'entretenir leur dégoût des hommes. Pour se repaître des postures affligeantes de ces pervers de pacotille, ces pantins si pitoyables, leur virilité à la main, qui mendiaient du plaisir en camelots. Il lui était même arrivé de leur cracher dessus avant de démarrer en trombe.

Au cours de ses balades, elle avait parfois observé des couples libertins venus chercher un partenaire d'occasion. Quand la pulsion avait démarré, elle avait trouvé l'idée presque immédiatement. Elle savait que Jo devait tuer. Elle avait ressenti immédiatement le besoin d'être son guide. Comme un devoir, une mission. Pour une fois, c'est elle qui avait déjà tout scénarisé.

Ils étaient revenus à Boulogne, devant son appartement, et elle avait descendu la rampe qui menait au sous-sol. Ils se garèrent dans le parking et Jo laissa l'homme sortir de la voiture. À peine lui avait-il tourné le dos qu'il lui fracassa la nuque. L'homme se tortilla quelques instants au sol. Alors il appliqua violemment les deux mains sur son nez et sa bouche. Marie était debout devant eux. Elle contemplait la scène, immobile, les yeux écarquillés. L'homme eut encore deux sursauts et se relâcha d'un coup. La voix de Marie, redevenue unique, ordonna :

— Mets-le dans le coffre ! On repart tout de suite.

Il obéit, toujours sans un mot. Il y avait quelque chose de militaire dans leur manière de mener leur action. Marie allait accréditer cette impression une demi-heure plus tard. Un cadavre de pervers dans le bois, c'était fréquent. Ils ne couraient aucun risque qu'on remonte jusqu'à eux. Après s'être débarrassé du corps dans un sentier qu'elle connaissait par cœur pour y faire son jogging de temps en temps, elle lança :

— Opération terminée. Le commando rentre à la base.

Elle avait choisi l'humour comme dernier rempart. Comme elle le faisait souvent quand les choses étaient insoutenables. C'était inné chez elle. N'avait-elle pas dit à Fauvette, sa petite chatte adorée, le lendemain du viol : « T'en as de la chance, toi. Quand on veut te monter dessus, tu es toujours d'accord ! »

L'humour, le bouclier ultime des désespérés.

Et pourtant, quand elle avait vu Jo étouffer l'homme dans le parking, tout son corps tremblait, et elle avait retenu son envie de vomir. Ce fut d'ailleurs la première chose qu'elle fit en rentrant à l'appartement. Pendant ce temps, Jo se prépara un café et le but lentement en se remémorant les événements de la nuit.

Il se fixa plus sur la perversion de la victime que sur son exécution. L'indifférence propre à la routine. Il remonta même un peu plus loin dans sa mémoire pour faire un amalgame qui lui inspira un dégoût profond : les homosexuels sur les aires de repos, le père qui abuse de sa fille, les couples qui forniquent avec des inconnus. Décidément, ses étreintes avec Rosa, si passionnées fussent-elles, étaient bien angéliques. Il en conclut que la misère sexuelle était un fléau... un fléau... Le mot ne lui venait pas. Il chercha l'adjectif adéquat dans ses souvenirs de dictionnaire. Il n'en trouva pas d'assez parlant. Il se contenta de « sordide ».

Il avait raison.

Mais bien plus sordide qu'il pouvait l'imaginer.

La journée du lendemain allait lui en apporter la preuve.

Finalement, ils avaient dormi ensemble, enlacés, comme la toute première nuit. Collés. Scellés. Indissociables. Et ils avaient pris la route vers midi. À peine trois heures plus tard, ils étaient arrivés en vue du château de Moricourt.

Marie coupa le moteur et fixa le grand portail. Elle resta ainsi un long moment, puis elle prit une grande inspiration et redémarra. Le décor n'avait pas vraiment changé en dix-sept ans. Le même gravier, les mêmes massifs de fleurs parfaitement taillés. Juste un bâtiment supplémentaire : un chalet près de l'étang. Dessus, d'autres cygnes certainement, mais la même élégance. Même la silhouette de Georges, le jardinier, ne s'était pas affaissée. Le regard toujours aussi noir sous ses sourcils broussailleux, il barrait le chemin, bras écartés. Marie pila. Il hurla sans s'approcher :

— C'est privé. Vous n'avez rien à faire ici... Faites demi-tour !

Marie fit un clin d'œil à Jo et lui lança :

— Allez, on s'amuse !

Elle accéléra d'un coup. La voiture bondit et frôla Georges à quelques centimètres. Elle le vit dans le rétroviseur courir vers la remise. Pour y chercher un fusil certainement. Elle se gara devant le perron et ils sortirent de la voiture. En montant les marches, elle vit le rideau de la fenêtre du salon d'en bas s'écarter. À peine avaient-ils franchi le seuil qu'ils entendirent une voix :

— Je savais bien que tu reviendrais un jour.

La porte du salon était ouverte. Marie-Ange était juste là. À deux mètres à peine. C'était certainement la seule chose qui avait vraiment changé. Elle était recroquevillée dans un fauteuil, une couverture sur les jambes. Un instant, Marie la crut impotente. Mais elle se leva lentement, attrapa une canne et s'approcha. Étrangement, autant son corps était devenu difforme, autant les innombrables rides l'avaient embellie. Quand Marie était partie, elle avait un visage ingrat. Là, elle avait une « gueule ». De ces faciès où tout s'inscrit et que le temps sublime.

— Que tu es belle, Marie ! dit-elle, les yeux pétillants, en essuyant la larme qui coulait sur sa joue.

Marie dit simplement :

— Bonjour.

Le regard de Marie-Ange s'attrista légèrement. Marie reprit :

— Bonjour, maman.

Elle sourit et vint se blottir contre sa fille. Jo observa cette petite chose si fragile qui tentait d'enserrer de toutes ses forces le corps athlétique de Marie.

Qui était la mère ? Qui était l'enfant ?

Et puis, elle desserra son étreinte, et en se tournant vers Jo demanda :

— C'est ton mari ?

Georges fit irruption à ce moment-là, un fusil à la main comme l'avait présagé Marie. Il stoppa net son élan. Il l'avait reconnue, lui aussi. Pour la première fois de sa vie, elle entrevit un soupçon d'humanité dans son regard. Il se contenta de dire :

— C'est bien que tu sois revenue, Marie Rose.

Et il s'éclipsa. Ça faisait tellement longtemps qu'on ne l'avait pas appelée Marie Rose. En quittant la maison, elle avait définitivement rayé la deuxième partie de son prénom. Comme pour effacer encore un peu plus les dernières traces du cocon.

Elle répondit à la question de sa mère :

– Non, ce n'est pas mon mari. C'est Jo... Joseph si tu préfères. Tu comprends ce que je veux dire ? Joseph, Marie... Marie, Joseph.

Marie-Ange chancela. Jo la rattrapa de justesse avant qu'elle ne s'écroule. Il l'accompagna jusqu'au fauteuil où il la déposa délicatement. Elle passa la main sur son front en murmurant :

– Mon Dieu.

– C'est le cas de le dire ! ne put s'empêcher de lancer Marie.

Et ils passèrent près de deux heures sans bouger. Marie et Jo assis chacun sur un sofa de part et d'autre du fauteuil de Marie-Ange. Ils refirent ensemble toute l'histoire. L'envie d'une fille, la découverte des deux enfants abandonnés, la fausse grossesse, les remords. Marie-Ange absout, bien entendu, le bon curé Philippe d'avoir tout dévoilé et promit de prier pour le salut de son âme. Quand Jo, sans animosité, raconta la DDASS et ses souffrances, elle se signa trois fois. Il n'évoquèrent évidemment pas les circonstances qui les avaient fait se retrouver, lui et Marie. Il mirent ça sur le compte du hasard... Encore lui.

Pendant toute cette confession irréelle, il n'y eut ni haine, ni reproches, ni rancœur. Juste une immense compassion mutuelle. Et puis, Marie expliqua sa vie, sa réussite et termina par son homosexualité, ce qui donna à sa mère l'occasion de se signer une fois de plus.

Elle amorçait le cinquième signe de croix quand Marie demanda :

— Et mon père ?

Ce fut l'occasion pour Marie-Ange d'achever son geste et d'en ajouter un supplémentaire. Elle annonça d'une voix lasse :

— Il est mort il y a trois mois, ma petite.

Jo et Marie se regardèrent intensément. Inutile de parler, ils pensaient exactement la même chose. Ils étaient venus pour rien. La disparition de Jean-Paul n'avait rien changé au cauchemar. Le violeur était mort et les pulsions avaient continué. Il faudrait trouver autre chose... S'il y avait autre chose. Quand Marie-Ange prononça la phrase d'après, Jo se dit que les mots ont parfois des ironies bien cruelles. En voyant le visage de sa fille, décomposé par la déception, elle lui prit la main et murmura :

— Je comprends que ce soit un choc. Même si tu ne l'as jamais montré, j'ai toujours deviné que tu l'aimais beaucoup. Dieu voile parfois nos yeux et ouvre toujours nos cœurs.

Dans la droite ligne de l'humour de Marie, Jo faillit ajouter :

— Amen !

Il se retint. Et, bien entendu, Marie ne laissa pas passer l'occasion et laissa tomber un « amen » froid et désabusé. Marie-Ange lui caressa la main, puis attrapa la sonnette sur le guéridon voisin, l'agita et dit :

— Vous restez dîner bien sûr ?

Le repas se déroula sans la moindre contrariété. La grande pièce, où la cheminée crépitait, renvoyait à Marie les plus belles images de son enfance. Les Noëls surtout. Un peu de tendresse, enfin. Il y eut même des rires quand elle évoqua la crèche où elle avait exigé un vrai âne qui avait mangé la paille et qu'on avait arrêté quand il attaquait les mollets du petit Jésus.

Malgré la bienveillance de Jo qui lui faisait signe d'y aller doucement, Marie buvait un peu trop. Peut-être plus pour se souvenir que pour oublier. L'ambiance était chaleureuse, mais on était sur un fil. Chaque fois que Marie-Ange voulait parler de Jean-Paul, Jo ou Marie, comme s'ils s'étaient donné le mot, lui coupait la parole et la lançait sur un autre sujet. Malheureusement, l'alcool aidant, sur un moment d'inattention, le fil cassa. Au café, Marie-Ange eut la phrase de trop :

— Ton père ne méritait pas de souffrir autant avant de mourir, bien sûr, il était…

Marie la coupa net, et tout sortit d'un coup :

— Si, il méritait... Et j'espère qu'il pourrit en enfer, cette ordure ! Parce que cette putain de brûlure, je la traînerai toute ma vie...

Et prise d'une furie soudaine, elle s'emballa, d'abord avec une fausse voix de petite fille :

— T'as vu, ma petite maman, j'ai été bien sage ! Elle a rien dit la gentille petite fille. Elle a bien gardé le vilain secret.

Elle poursuivit, le ton grave cette fois :

— L'honneur est sauf, hein ? Les Dupré de Moricourt peuvent marcher la tête haute. Ils sont généreux, les Dupré de Moricourt. Ils donnent aux bonnes œuvres, les Dupré de Moricourt. Et ils se prosternent devant Dieu. Celui qui ouvre les cœurs comme tu dis...

Elle se mit à hurler :

— Et les ventres, ils les ouvrent aussi ? Hein ? Les ventres ? Ils les ouvrent, dis ? Bien grand pour que les pères puissent enfoncer leur sale bite dans celui de leurs filles.

Marie-Ange était blafarde, le visage inondé de larmes.

— Mais qu'est-ce que tu racontes, ma petite fille ? balbutia-t-elle. Ton père n'a jamais fait ça...

Marie bondit.

— Quoi ! Et tu m'as jamais dit non plus de la fermer, pour que ce porc recommence pas... Non, mais je rêve... Je rêve !

Elle se leva et jeta violemment son assiette à travers la pièce. Et elle continua à déverser des tombereaux d'insultes. Sur son père, sa mère, l'Église, la bourgeoisie. Marie-Ange avait mis la main devant son visage comme pour se protéger. Elle était tassée sur sa chaise et tremblait de tous ses membres. Jo commençait à trouver la scène insoutenable. Soudain, Marie arracha violemment son chemisier. La poitrine nue, elle s'approcha à dix centimètres du visage de sa mère, lui cracha dessus et dit en se griffant la poitrine :

— Tout est gravé là ! C'est sculpté pour la vie. Ses sales pattes, sa respiration. Et le putain de parfum de son eau de toilette !

Elle écrasa ses seins sur le visage de sa mère.

— Vas-y, respire ! Il doit y être encore, son parfum de salaud... Vas-y ! Il doit y être encore... Toi, t'as pas dû le sentir souvent !

C'est à ce moment-là que Jo intervint. C'était insupportable. Il écarta Marie violemment. Elle se débattit un moment, puis s'écroula d'un coup sur son épaule et lâcha les dernières larmes qui lui restaient.

Marie-Ange était tétanisée. Le regard dans le vide, elle répétait en boucle :

— La salle de bains... La salle de bains.

Plus personne ne bougeait. La servante passa la tête par la porte et ressortit aussitôt. Marie n'en finissait plus de sangloter et sa mère continuait sa litanie incohérente :

— La salle de bains... La salle de bains.

Jo se demanda si la violence du choc ne lui avait pas fait perdre la tête d'un coup. Il la regarda longuement. Elle se redressa et le supplia. D'abord des yeux, et puis de la voix :

— S'il vous plaît, dites-lui de m'écouter... Ce n'était pas son père. Je sais qui a fait ça, je vais vous le dire... Ce n'était pas son père qui a fait ça... Ce n'était pas son père.

Marie, malgré ses suffocations, avait entendu. Elle redressa lentement son visage dévasté. Elle vit sa mère se lever avec peine, et se diriger vers le prie-Dieu au fond de la grande pièce. Elle s'y agenouilla et baissa la tête. Marie s'approcha.

Debout derrière elle, elle demanda :

— C'était pas lui ?

— Non, balbutia Marie-Ange, je te le jure sur Dieu.

De loin, Jo, qui était resté sur place, vit un confessionnal. Marie-Ange était agenouillée. Un crucifix était planté au mur quelques centimètres au-dessus. Marie avait pris un siège et s'était assise au plus près.

Plus d'éclats de voix.

Plus de colère.

Elles parlaient à voix basse.

Jo revint s'asseoir à table.

Un long quart d'heure plus tard, il vit Marie se lever doucement, embrasser sa mère dans les cheveux et se diriger vers lui. Au bout de quelques pas, elle fit demi-tour, arracha le crucifix et le lança dans la cheminée. Puis elle revint vers la table, passa près de Jo sans s'arrêter et lui dit :

— Viens, on va dehors.

— On part ?

— Non, il faut que je respire.

Ils allèrent d'abord à la voiture pour y récupérer dans le coffre des manteaux et des écharpes, et ils prirent l'allée qui menait à l'étang. La pleine lune éclairait le paysage comme en plein jour. Arrivés au bord de l'eau, ils s'assirent sur un banc de pierre. Marie resta quelques instants silencieuse et se lança :

— On a encore une chance. Le viol, ce n'était pas mon père.

— C'était qui ?

Et elle répéta à Jo presque mot pour mot l'abominable confession que venait de lui faire Marie-Ange.

Mais, pour bien tout comprendre, il est important de connaître d'abord ce que ni Marie ni sa mère ne connurent de la vie de Jean-Paul Delacroix. Pour cela, il faut remonter à l'invasion du Koweit, en août 1990, par les troupes de Saddam Hussein. Bien loin de la douceur paisible d'un été de rêve dans le parc sublime du château de Moricourt. Le seul point commun entre ces mondes si distants était Jean-Paul. Membre d'un vaste réseau de trafic international, il avait aidé à fournir à l'Irak des armes lourdes. Il avait même rencontré Saddam en personne, lors d'un voyage à Bagdad, accompagné de Tarik Sahir.

Tarik était un homme charmant et délicat. Le teint mat et les yeux perçants, il était d'une élégance rare. Il était libanais, immensément riche et semblait insensible aux états d'âme. Sauf quand il évoquait la mort de son fils à seize ans. Et encore, c'était très rare. Il n'en parlait qu'aux vrais intimes. Un soir de février 1984, il avait voulu l'épater en l'installant à l'avant de sa Ferrari. Il avait poussé le bolide au maximum et, au bout de cinq kilomètres seulement, il avait raté un virage. La voiture était sortie de la route et le choc avait été terrible. Le gamin avait été éjecté et était mort sur le coup. Ce drame, dont il se sentait totalement responsable, l'avait à la fois dévasté et rendu encore plus intraitable. Il était devenu hermétique à toute compassion. On le surnommait « Bespo », un raccourci de *besposchyadiy*, « impitoyable », en russe. Pourtant, quand Jean-Paul lui avait demandé d'être l'alibi de la fausse grossesse de Marie-Ange, il avait accepté avec enthousiasme :

— Tu es mon ami. Et je ne refuse rien à mes amis.

L'amitié n'était pas la raison de sa complicité. Il savait qu'il fallait toujours avoir une cartouche en réserve en cas de trahison. Il connaissait la règle immuable des affaires : c'est toujours parmi les meilleurs amis que se cachent les pires ennemis. En revanche, avec Marie-Ange, il avait été d'une attention extrême. Pendant son séjour à Vevey, il leur arrivait même de passer de longues nuits à parler. De vraies confidences comme il n'en faisait à personne. Sans doute à cause de cet enfant qu'elle avait tant désiré, et du sien qui lui manquait affreusement. Peut-être les seuls moments de sa vie où il se laissait aller à un soupçon d'humanité. Il lui avait même avoué l'unique entorse qu'il faisait à sa sécurité :

— Chaque année, à la date anniversaire de la mort de mon fils, je vais me recueillir à l'endroit de l'accident. Exactement à l'heure où c'est arrivé. Seul, sans garde du corps.

— Vous n'avez pas peur que ceux qui vous veulent du mal en profitent ? avait demandé Marie-Ange.

— Si je dois mourir à cet endroit et à cet instant, c'est que lui et Dieu l'auront décidé. *Mektoub !*

Bien sûr, Marie-Ange ne soupçonnait rien de toutes les affaires de Tarik. Elle se doutait, vu le luxe outrancier du lieu où elle résidait, que tout ça n'était pas forcément très clair. En « riche ordinaire », elle savait qu'on ne maintient jamais ces privilèges-là sans un minimum de compromissions. Mais elle ne pouvait pas imaginer que Tarik était la tête pensante d'un réseau qui générait des bénéfices astronomiques. Et que, bien entendu, son parcours, entre les victimes de guerre, les éliminations de témoins gênants et les trahisons d'intermédiaires, était jonché de centaines de cadavres.

Il était si touchant quand il parlait de son fils.

Ce qu'elle ne savait pas non plus, c'est que Tarik avait rencontré Jean-Paul à l'occasion d'un échange dans une affaire de trafic d'uranium à Djibouti dans lequel il était indispensable d'impliquer des militaires français. « Frenchy », comme il le surnommait, l'avait séduit par son audace et son efficacité. Il l'avait d'ailleurs présenté aussitôt après à des mafieux russes qui eux aussi avaient été charmés par la détermination de ce petit Français aux relations solides.

Jean-Paul venait de loin. Il s'était introduit très tôt dans les milieux politiques, d'abord comme propriétaire de vin de qualité. Et puis quelques services plus tard, il était devenu incontournable. Les hommes sont ce qu'ils sont, et quand ils le sont sans limites, certaines femmes sont là pour ça. L'appétit d'aventures de Jean-Paul, son charme et sa connaissance du Paris interdit lui avaient permis de monter un réseau d'hôtesses à disposition pour « messieurs les importants », comme il les appelait. On y revient toujours ! En quelques années, il était devenu l'intermédiaire numéro un entre les politiciens les plus grivois et celles qui étaient le plus aptes à assouvir leurs fantasmes.

Tarik l'invitait quelquefois dans la villa de Vevey. La confiance était réciproque. Le charisme de Jean-Paul avait fait le reste. Tarik avait décelé en lui des qualités indéniables. Elles lui seraient bien plus utiles dans des domaines plus importants que l'organisation de compromissions sexuelles. Au point que, d'abord organisateur de parties fines, puis assistant à l'acheminement d'armes en cargo, Jean-Paul était devenu un maillon important de la circulation d'argent sur les comptes secrets.

Alors, entre ces secrets-là, plus ceux d'alcôve, il menait une vie périlleuse, mais terriblement jouissive. C'était sa drogue, son adrénaline, sa première passion avant celle des bolides qu'il partageait avec Tarik. Il côtoyait les vrais grands de ce monde. Son argent, déposé sur des comptes dont Marie-Ange ne connaissait rien, lui offrait le vrai luxe et les plus belles femmes. Le château de Moricourt, sa vitrine sociale d'honnête homme, ne lui servait que d'escale, d'« arrêt au stand », comme il le confiait à Tarik en riant.

Un soir de novembre 1992, Tarik dînait au « stand » en compagnie de deux Russes et d'un homme d'affaires sud-américain impliqué dans le commerce de cocaïne. Un impitoyable lui aussi. En comptant les gardes du corps serbes, que du beau monde !

Au moment où chacun regagnait sa chambre, Tarik demanda à Jean-Paul :

— Où est ta femme ?

— Dans notre chambre.

— J'aimerais qu'on s'y retrouve tous les trois dans dix minutes. J'ai quelque chose d'important à vous dire.

C'est à partir de ce moment-là qu'avait commencé la confession de Marie-Ange à sa fille.

Une confession terrible.

Sans absolution.

Plus que sordide.

Le mot n'existe pas.

CHAPITRE 11

André

Plus Marie avançait dans le récit de la confession de sa mère, qu'elle répétait pratiquement mot pour mot, plus Jo avait envie de vomir. Et pourtant, depuis le début de cette histoire, il en avait eu des occasions de nausée.

Mais là, ça dépassait tout.

Dès que Tarik était entré dans la chambre de Marie-Ange et de Jean-Paul, son visage avait changé du tout au tout. Ses traits s'étaient durcis. De noir, le regard était devenu haineux. Il avait sorti de sa poche quelques feuilles pliées et les avait tendues à Jean-Paul, en disant juste :

— Lis, ordure !

Dès les premières lignes, Jean-Paul avait compris la gravité du moment. Il était devenu blanc et avait défait sa cravate. Le document apportait la preuve de sa trahison. Il y avait des numéros de compte aux îles Caïmans et au Panamá. Et la preuve que sur l'argent des ventes d'armes à l'Irak, il avait détourné des sommes conséquentes à son seul profit. Pas une fortune, mais suffisamment pour mettre sa vie en danger. Il connaissait les méthodes de Tarik. Il savait à quoi s'attendre.

Marie-Ange avait osé un timide :

– C'est quoi ?

– Toi, ta gueule ! avait répondu violemment Tarik.

– OK, j'ai fait une connerie, avait bredouillé Jean-Paul. C'est un accident, ça n'arrivera plus. J'avais mis de l'argent dans une autre affaire et malheureusement je...

– Si ce n'était pas toi, tu serais déjà mort, l'avait coupé Tarik d'une voix sinistre. Mais c'est toi, et te tuer me...

Il s'était interrompu, avait laissé un temps, et un sourire inattendu avait fleuri sur ses lèvres. Il avait poursuivi :

– Te tuer me soulagerait, mais... mais les affaires, c'est les affaires, non ?

– Oui, avait dit Jean-Paul d'une voix presque inaudible.

– Et j'ai vraiment besoin de toi. Qu'est-ce que tu penses de ce compliment ?

Jean-Paul était tétanisé. Il connaissait bien les exécuteurs et leur plaisir sadique. Il avait assisté à tant de règlements de comptes qui avaient commencé par des amabilités, des flatteries et, en un quart de seconde, le coup était parti et la tête avait explosé. Il s'attendait chaque instant que Tarik sorte une arme et l'abatte sur place. Il avait juste trouvé la force de dire :

— Fais-moi ce que tu veux, mais elle, elle n'y est pour rien.

Tarik l'avait rassuré en lui carressant la joue.

— Je ne te ferai rien, « Frenchy », je ne te ferai rien. Parce que je te crois quand tu me dis que c'est un accident. Je le vois à tes yeux. Et pour ça, je ne me trompe jamais. Et puis, comme je te l'ai dit, j'ai besoin de toi… Et je pense qu'après ce qu'on va appeler « une petite erreur de parcours », tu m'accorderas la faveur d'être encore plus dévoué.

Et il s'était approché au plus près du visage de Jean-Paul et avait conclu, en reprenant son regard noir :

— Et surtout… surtout, je veux bien parier que tu ne recommenceras jamais.

Jean-Paul, livide, avait crispé la mâchoire et murmuré dans un souffle :

— Jamais, Tarik… Jamais !

Tarik s'était redressé, avait fait quelques pas en arrière et s'était laissé tomber dans un fauteuil. Une longue minute était passée sans un mot. Marie-Ange et Jean-Paul n'osaient pas faire le moindre geste. Tarik les fixait dans les yeux tour à tour. Il avait retrouvé son petit sourire. Et puis, il avait parlé d'une voix infiniment douce :

— Il va sans dire que tu vas rendre l'argent au plus vite.

— Demain, avait immédiatement promis Jean-Paul.

— Allons, allons ! C'est pas pressé à ce point-là, mon ami. Prends ton temps… Mais pas trop, bien sûr.

Jean-Paul connaissait Tarik par cœur. Quand il disait « mon ami » avec ce sourire-là, la foudre n'était pas loin. Généralement, juste après il explosait. Là, non. Il avait gardé le même ton pour dire :

— Bien entendu, tu comprendras qu'il y a une petite amende.

— Bien sûr, avait répliqué aussitôt Jean-Paul. Le prix que tu veux.

— Ce ne sera pas de l'argent, avait dit Tarik, froidement.

À tout hasard, Jean-Paul avait avancé :

— Tu veux le château ?

Tarik avait éclaté d'un énorme fou rire qui s'était terminé en quinte de toux. Il avait enchaîné, la voix éraillée :

— Je sais que les Français ont de l'humour, mais à ce point !

Et brusquement, en retrouvant d'un coup son regard noir et sa voix menaçante, il avait lancé :

— Je veux ta fille.

— Quoi ?

— La petite Marie... La petite Marie que j'ai pour ainsi dire vue naître, n'est-ce pas, Marie-Ange ?

Marie-Ange s'était affaissée. Elle ne pouvait articuler le moindre mot. Et là, le ton avait changé une dernière fois. Tarik s'était mis à parler comme il le faisait à la fin d'une réunion de travail. Clair, précis, sans effet de style.

— Bon, le cinéma a assez duré maintenant. Tu m'as baisé, je baise ta fille. Ça tombe bien, c'est mon truc. Rassure-toi, une fois seulement. Il n'y a que les vierges qui m'intéressent. Alors voilà : tu me laisses le temps d'aller mettre ce qu'il faut dans ma chambre pour qu'elle ne me reconnaisse jamais. On sait jamais avec ces petites connes. Tu me montres sa chambre, je la saute et vous fermez vos gueules.

Marie-Ange avait eu un sursaut :

— Mais vous êtes fou.

— Rassure-toi, je vais pas la défoncer, je suis un doux. Et je compte sur toi pour qu'elle n'en parle jamais à personne. Mais je me fais pas de souci, t'es une bonne mère. Tu trouveras les mots qu'il faut pour la dissuader de dire quoi que ce soit.

Marie-Ange s'était dressée d'un coup et avait hurlé :

— Jamais ! Tu m'entends, salopard ? Jamais tu toucheras ma fille ! Ou alors il faudra me tuer sur place.

Tarik avait porté le coup de grâce de la voix la plus douce possible :

— Deux choses. D'abord, c'est pas ta fille, et s'il y en a un qui est bien placé pour le savoir, c'est moi. Et puis le choix est simple : soit vous acceptez sans lever le petit doigt, soit, avant la fin de l'année, je vous la fais livrer découpée en morceaux dans un joli paquet... Tu te souviens, Jean-Paul, de l'Arménien qui nous avait niqués en Grèce, comme on lui avait mis la gueule en bouillie ? Remarque, c'était raccord avec la cuisine locale, on aurait dit de la moussaka !

Marie-Ange avait titubé, et Jean-Paul l'avait soutenue pour qu'elle s'assoie. Tarik s'était levé et avait dit, toujours sur le même ton implacable :

— Pour faire court : je la baise ou je la fais tuer... Cela dit, je vais pisser. Vous avez cinq minutes pour vous décider.

Au moment de passer la porte de la salle de bains, il s'était retourné et, en écartant les doigts, avait répété :

— Cinq minutes.

Jean-Paul et Marie-Ange n'avaient échangé aucun mot. Ils étaient restés figés sans un regard l'un pour l'autre. Au moment où ils avaient entendu le bruit de la chasse d'eau, Marie-Ange s'était levée. Elle s'était approchée de Jean-Paul et l'avait giflé avec une violence inouïe. Puis elle était revenue s'asseoir, toujours sans un mot.

Tarik était sorti de la salle de bains en demandant :

— Alors ?

C'est Jean-Paul qui avait fait « oui » de la tête.

L'heure qui avait suivi, il l'avait passée dans le parc. Marie-Ange, elle, s'était posée sur un sofa, les mains jointes, au bout du couloir qui menait à la chambre de Marie. Elle n'avait cessé de prier. Dès qu'elle avait vu Tarik sortir, elle s'était précipitée. Ils s'étaient croisés sans un regard. Il lui avait juste lancé :

— J'ai ajouté un petit supplément à la punition !

Et « Bespo » s'était éloigné en sifflotant.

Juste au moment où Marie finit de raconter à Jo la confession de sa mère, un nuage vint masquer la pleine lune. Il alluma sa énième cigarette. À la lueur du briquet, elle distingua des larmes. Il dit juste :

— Le supplément, c'était l'eau de toilette.

Et en repensant au « délire » de Marie-Ange, il murmura pour lui-même :

— La salle de bains…

La perversité de Tarik était allée bien au-delà de l'imaginable. L'eau de toilette de Jean-Paul dont il s'était aspergé dans la salle de bains, c'était le petit plus machiavélique. Le paraphe du monstre véritable. Même s'il advenait qu'un jour, Jean-Paul ou Marie-Ange dévoile la vérité à Marie, il y aurait toujours un doute. Bien sûr, il y avait la cagoule, mais un enfant peut reconnaître entre mille le parfum de son père.

Tarik, lui, n'oublierait jamais celui de son fils. Parfois, la douleur rend fou. Pervers, il l'avait toujours été par nature. Monstrueux, il l'était devenu par désespoir. La mort de son enfant avait fait tomber les dernières barrières. À cause d'elle, il était devenu irrémédiablement immonde.

Tous les coupables sont aussi des victimes.

Mais ça n'excuse rien.

En aucun cas.

Jo ferma les yeux pour tenter de chasser les images que lui projetait tout ce qu'il venait d'apprendre. Il n'arrivait pas à finir la phrase qui tournait en boucle dans sa tête :

— Mais comment peut-on être aussi… aussi… aussi…

Et puis, à quoi bon mettre des mots sur une telle barbarie ?

Seul le silence est assez puissant pour engloutir le dégoût. Sans que l'un ni l'autre fasse le moindre geste, Marie et Jo restèrent sur le banc, muets. Ni le sommeil ni le froid ne vinrent à bout de leur obstination à tenter d'effacer l'ineffaçable.

Au bout de deux longues heures, Jo prit Marie par la main en lui demandant :

— Ça va mieux ?

— Oui.

— Alors viens, on va dormir.

Ils se dirigèrent vers le château et c'est Marie qui choisit la chambre. Ils s'endormirent tout habillés sans défaire le lit.

Toujours collés.

Toujours scellés.

Plus que jamais indissociables.

Ils se réveillèrent ensemble vers midi. Ils descendirent le grand escalier au bas duquel Marie-Ange les attendait.

— Vous n'allez pas repartir le ventre vide quand même ?

Marie la serra dans ses bras, l'embrassa, et lui dit tendrement :

— Bien sûr que non...

Et elle ajouta :

— Je suis sûre que tu m'as préparé un chocolat avec des tartines à la confiture d'érable.

Marie-Ange approuva d'un mouvement de tête et se détourna pour verser une larme en cachette. Mais de plaisir, cette fois. Parce que « sa » Marie était revenue. Et que tout avait enfin été dit. Même les parfums de la maison lui semblaient plus frais. Comme si l'odeur de renfermé s'était enfuie avec le sale secret. C'est toujours le cas quand le bonheur revient. On croit que c'est la brise par la fenêtre, un bouquet sur la table, la fraîcheur du linge... Non... C'est le bonheur.

La guerre était finie. Bien sûr, comme après chaque combat, il y avait des ruines et des absents, mais ça sentait la paix. Parce que Marie savait enfin que sa mère avait dû trancher entre le définitif et l'ignoble. Qu'elle lui avait sauvé la vie en sacrifiant la sienne. En chargeant sa conscience de cette abominable culpabilité. Et elle ne l'en aimait que plus. À la fin de la confession, c'est elle qui lui avait demandé pardon. Elle n'avait pas dit :

— Je t'aime, maman.

Elle avait dit, pour la première fois depuis toujours :

— Je t'aime, ma maman.

« Ma ». Le possessif qui change tout. Dans ce cas, c'était bien plus qu'une formule. C'était la reconnaissance absolue. Et la désintégration totale de l'autre, la génitrice.

La table du déjeuner était magnifiquement dressée. De broderie fine, en petits galets et en roses blanches, Marie-Ange avait tout décoré elle-même dès les premières heures. Une bouffée de douceur avait envahi Marie quand elle avait découvert le décor. Elle s'était assise en fermant les yeux, et tout lui était revenu : la belle enfance, Fauvette sur ses genoux, le bruit du galop des chevaux par la fenêtre ouverte, les serins dans leur cage et l'odeur des cheveux de « sa » maman au premier baiser dans le cou.

Au moment de s'asseoir à son tour, Jo demanda :

— Je sais que tu n'y tiens sûrement pas, et que ce n'est peut-être pas le moment de te le demander, mais j'aimerais voir la chambre où ça s'est passé.

Ce n'était effectivement pas le moment. Marie ne répondit pas.

Jo se justifia :

— Pas par curiosité malsaine. Pour partager un peu plus ta blessure. Tu n'es pas obligée de m'y accompagner. Demande à ta mère de me la montrer.

Marie mordit dans sa tartine à la confiture d'érable et laissa tomber :

— Tu la connais déjà. On vient d'y dormir.

C'est la première fois qu'elle en voulait un peu à Jo. Elle le trouva même stupide de l'avoir ramenée à la sale réalité sans aucun ménagement. Si leurs émotions étaient si transmissibles, comment n'avait-il pas ressenti cet instant magique ? Et puis, elle se dit que c'était elle qui était stupide. Son enfance à lui était si différente. Il devait se sentir bien déplacé dans ce monde de Bisounours. Elle lui fit un grand sourire, et ils mangèrent la tartine de sirop d'érable à deux bouches. Comme à Marseillan avec Rosa.

En amoureux aussi.

Mais tellement différemment.

Pendant ce temps, Marie-Ange avait regagné sa chambre. Dès qu'elle était entrée, elle s'était dirigée vers le coffre recouvert de velours et l'avait ouvert. Elle avait déblayé avec peine un manteau de laine, un abat-jour et trois classeurs de photos. Elle avait fini par attraper enfin ce qu'elle cherchait. Une vieille boîte à chaussures André, enfouie sous un amas de journaux.

Elle était allée s'asseoir à son bureau. Après avoir vérifié que le contenu de la boîte à chaussures était toujours là, elle avait étalé deux feuilles de papier sur le sous-main en cuir. Puis elle avait pris un stylo et avait commencé à écrire.

Quand elle eut fini, elle plia la première feuille et traça un croquis sur la deuxième. Elle dessina d'abord un carré, puis en fit partir une ligne, droite d'abord, et puis une courbe ensuite suivie d'entrelacements, un dernier angle et une autre courbe pour finir. Avec un feutre bleu, elle fit une croix. Ensuite, elle retourna la feuille et écrivit encore un texte. Pour finir, elle plia la deuxième feuille à l'intérieur de la première. Elle les mit dans la boîte à chaussures, la referma, et se signa avant de se lever pour quitter la pièce.

Quand elle arriva au salon, Marie et Jo venaient de finir de déjeuner et s'apprêtaient à se lever. Du fond de la pièce, elle fit signe à Marie de venir vers elle. Elle s'installa sur son fauteuil préféré, mit une couverture sur ses genoux, et y posa la boîte à chaussures. Puis, à mi-voix, elle dit à Marie :

— Je ne sais pas si ce qu'il y a dans cette boîte te convaincra. Si ce n'est pas le cas, je ne t'en voudrai pas. Mais si par bonheur ça te convenait, sache que je pourrais peut-être mourir tranquille.

Et elle tendit la boîte à Marie. Au moment où elle allait s'en saisir, Marie-Ange la retint encore un peu, la regarda dans les yeux et dit :

— Ne l'ouvre pas ici. Entre autres, il y a une lettre pour toi. Et si je l'ai écrite, c'est que je ne suis pas capable de te dire en face ce qu'elle contient.

Marie se contenta de dire :

— D'accord, maman.

Puis elle la serra dans ses bras, l'embrassa et lui murmura :

— Il faut qu'on y aille.

Marie-Ange demanda d'une voix faible :

— Tu reviendras ?

— Bien sûr… Et vite.

Elle rejoignit Jo et ils sortirent.

À peine le portail franchi, Marie s'arrêta et coupa le contact. Elle demanda à Jo de lui donner la boîte qu'il tenait sur ses genoux. Elle la prit, hésita et, en la lui rendant, ordonna :

— Non. Je sais où on va l'ouvrir.

Et elle redémarra.

Il y eut une volée de cloches et des oiseaux s'envolèrent. Posés sur les marches de l'église de Vully-en-Auxois, Marie et Jo les suivirent des yeux. Quelques-uns se posèrent et les autres continuèrent.

— Comme nous, dit Jo. Chacun sa route.

Ils s'étaient allongés sur le dos, serrés. Certainement comme trente-trois ans auparavant, le carton en moins. Certains passants s'étaient arrêtés. Une vieille à la fenêtre d'en face avait frappé du doigt sur sa tempe. Le curé n'avait pas tardé à rappliquer. Il avait bien fait de se présenter. En jean et blouson, il valait mieux !

— Vous ne pouvez pas rester là.

— Pourquoi ? demanda Marie.

— Vous êtes devant mon église. Ce n'est pas un camping !

Ils se relevèrent en souriant et Jo s'excusa :

— Pardon, m'sieur l'agent.

Et il allèrent s'asseoir sur le banc de l'autre côté de la place. Marie posa la boîte sur ses genoux et l'ouvrit. Elle eut un instant d'hésitation et déplia les feuilles. Jo demanda :

— Tu veux que je te laisse ?

— Non. Au contraire, fais-moi la lecture.

Au fur et à mesure qu'il lisait, Jo sentit sa « poigne » se desserrer. Enfin une lueur d'espoir ! Mince, mais une lueur quand même.

Quand il eut fini, Marie laissa juste tomber :

— Je ne sais pas si Dieu le veut, mais moi, je le veux. Et toi ?

— Évidemment.

— Alors on se retrouve le 19 chez moi ?

— Bien sûr, répondit Jo en la serrant dans ses bras.

Il regardèrent encore longuement ce parvis où leurs existences n'auraient jamais dû se séparer, et ils eurent en même temps une pensée pour leur mère, la vraie. Et la même interrogation silencieuse : « Pourquoi avait-elle fait ça ? »

— Tu crois qu'elle regrette ? demanda Marie.

— Je sais pas, mais moi, non, répondit Jo.

— Pourquoi ?

— Devine ?

— Parce que tu n'aimerais pas être le fils de quelqu'un qui a fait ça.

— Bingo !

Quand Jo rentra à Limoges, le lendemain soir, Rosa l'attendait sur le pas de la porte. Ils s'embrassèrent comme s'ils ne s'étaient pas vus depuis des mois. Puis il la prit dans ses bras et lui fit passer le pas de la porte comme une mariée. Il la jeta sur le lit et demanda :

— Alors ?

— Alors quoi ?

Il toqua sur son ventre comme à une porte :

— Y a quelqu'un ?

Rosa secoua la tête :

— Non... Essaye encore !

Il était minuit. Une heure convenable pour faire l'amour. En revanche, pour travailler encore au bureau, c'était quand même très tard. Et pourtant Colombine était encore là. Son service était fini, mais il continuait à recouper minutieusement ses informations de la journée. Il fit semblant de ne pas entendre la belle Froidefond chuchoter dans son dos à l'inspecteur Aymard :

— Je suis même pas sûre qu'il se masturbe.

Elle passa la porte en lançant, à voix intelligible cette fois :

— Salut, Crépeau ! On te laisse, tu fermeras !

Et elle sortit au bras de l'inspecteur Aymard en éclatant de rire. « Colombine » était enfin seul au premier étage de l'hôtel de police. Il ne put s'empêcher de penser qu'il avait quand même beaucoup plus d'indulgence pour les crimes passionnels que pour les crimes crapuleux. Et que s'il était marié avec une « Froidefond », il aurait bien été possible que...

— Ah, non ! dit-il à mi-voix. Non, pas ça...

Sa bonne conscience, après lui avoir échappé un instant, était revenue très vite. Et pour se convaincre un peu plus, il ajouta :

— T'en fais pas ma belle, je t'aurai autrement. Dans quelques jours, tu vas m'admirer.

Il avait ajouté deux punaises de plus sur sa carte de France. Une tout près, au lac de Jaumes à une vingtaine de kilomètres de Limoges, et l'autre dans une ville des Cévennes. En enquêtant dans son voisinage, il avait appris que Jo allait souvent à la pêche de bonne heure, les jours de congé. Début septembre, un voisin l'avait vu partir et revenir beaucoup plus tôt que d'habitude. Un autre, pêcheur aussi, lui avait désigné son endroit favori. Le lac de Jaumes, où, hasard bien sûr, un homme avait fait une chute mortelle, ce jour-là, dans le petit chemin descendant vers la rive.

Toujours aucune véritable preuve, mais...

Pareil pour la chambre d'hôpital des Cévennes. Après avoir étudié méticuleusement le moindre kilomètre professionnel de Jo, il avait, bien entendu, été informé de l'accident. Et forcément, après s'être rendu sur place, à tout hasard, il avait pris connaissance du décès accidentel de son partenaire de chambre en sa présence.

Colombine murmura pour lui-même :

— À tout hasard.

Il tenait dans sa main une punaise qu'il faisait sautiller. Elle était noire. Il s'était promis que ce serait celle qu'il poserait en dernier. Quand il aurait « la » preuve. La vraie, la seule, l'irréfutable. Il regardait Paris, en haut de la carte avec un pressentiment. Un feeling, sa spécialité. Pourquoi pas ? Grâce à un collègue de Levallois, il avait pu obtenir un rendez-vous privé chez la veuve du chauffeur de taxi assassiné. Le 21 février exactement. Le surlendemain du jour où Jo avait rendez-vous avec Marie à Boulogne pour partir à l'étranger.

Mais ça, il ne le savait pas.

Peut-être aurait-il mieux valu.

Ça aurait fait une punaise en moins.

Le 16 février fut une très belle journée. D'abord parce qu'il n'y avait que quelques nuages, et que, pour Limoges où il pleut si souvent, ça voulait presque dire « grand beau ». Jo attendait Rosa au train de dix-sept heures. Elle rentrait d'un séjour de deux jours en Alsace. Sa mère n'allait pas très bien. Il la vit descendre sur le quai tête basse. Quand elle la releva, il lui fit un signe de la main. Elle ne le lui rendit pas. Jo commença à penser que quelque chose ne tournait pas rond. Elle ne tomba pas dans ses bras et se contenta d'un « Bonjour, Jo », un peu froid.

— Y a un problème ? demanda-t-il.

Elle répondit, les yeux baissés :

— Oui.

— Ta mère ?

— Non, ça va mieux... C'est moi.

Jo fronça les sourcils. Elle ne lui laissa pas le temps de poser une autre question. Elle dit :

— Voilà. Je préfère te le dire tout de suite, ça sera fait... On m'a fait une proposition en Alsace.

— Une proposition ?

— Oui. Pour quelques mois seulement. Mais si ça se passe bien, définitivement.

Jo hésita, et demanda :

— Et... et tu vas accepter ?

— J'ai déjà accepté, répondit Rosa immédiatement.

Jo ne disait plus rien. Il serrait les mâchoires. C'est Rosa qui reprit la parole :

— Écoute, Jo, c'est quelque chose que j'attendais depuis longtemps. Quoi que tu en penses, j'irai au bout.

Et Jo posa enfin la question qu'elle attendait depuis le début :

— Qui t'a fait cette proposition ?

— Tu devines pas ?

— Non.

Et elle put enfin arriver au bout de ce qu'elle avait préparé minutieusement pendant tout le voyage.

— Mais enfin, Jo ! En Alsace, qui peut m'avoir fait une proposition ?

— Je sais pas, dit Jo, désemparé.

Elle s'illumina alors de son plus beau sourire et lâcha :

— Une cigogne !

Jo mit presque dix secondes à percuter. Et d'un coup il explosa :

— Oh, putain, Rosa ! T'es en train de me dire... que...

Il lança d'abord un grand :

— *Yeeess !*

Et la prit dans ses bras pour la faire tourner, tourner, tourner. Très peu de passants prêtèrent attention à leur explosion de joie. La routine des retrouvailles sur les quais de gare. Ou plus probablement parce qu'il n'y a pratiquement que dans les pubs à la télé que les gens applaudissent au bonheur des autres quand ils ne les connaissent pas. Un signe des temps : l'expression de la joie en public dérange. Du genre : « Foutez-nous la paix avec votre bonheur, on n'a pas cette chance, nous ! »

Et ces deux-là, pour être heureux, ils étaient heureux !

Il la reposa brutalement et l'embrassa à pleine bouche. Et puis, il se mit à genoux, et colla la tête sur son ventre. Rosa riait aux éclats. Mais elle décida de le calmer quand même :

— Gardes-en pour tout à l'heure !

Il se releva, les yeux mouillés, et balbutia :

— Un bébé... Un bébé à nous, Rosa !

Il la fit tourner encore un peu, puis la reposa délicatement, cette fois. Il entoura son visage de ses mains et la fixa dans les yeux en lui disant :

— C'est ce qui pouvait m'arriver de mieux !

De mieux, c'était sûr.

Mais...

Mais...

Mais à quoi bon lutter ?

Puisqu'on vous dit que tout est écrit.

CHAPITRE 12

Christine

Marie était couchée derrière l'arbre.

Les mains crispées sur la crosse du pistolet.

En attendant les lueurs.

Jo guettait dans la voiture, vitre ouverte malgré le froid. Une chance de plus. Avec ce temps, il n'y avait pas grand monde sur les routes. Depuis une heure qu'il était stationné, un seul véhicule était passé. D'où il était garé, derrière les taillis, on ne pouvait pas soupçonner sa présence. De plus, c'était une nuit sans lune. En revanche, si une voiture se garait à l'endroit prévu, il pourrait parfaitement en apercevoir les phares et les feux arrière.

On était le 20 février 2013.

Jo avait rejoint Marie à Boulogne la veille, et ils étaient partis ce matin. Ils avaient roulé toute la journée et avaient repéré les lieux dès leur arrivée, en milieu d'après-midi. Puis ils étaient allés dîner en attendant l'heure du « rendez-vous ». Ils étaient sortis de table vers vingt-deux heures, et étaient tout de suite partis s'installer à l'écart de la route, à deux pas de la « croix bleue ». Ils avaient tout planifié. Jo avait demandé :

— Tu es bien certaine de vouloir y aller seule ?

— Oui, avait répondu Marie, déterminée.

— De toute façon, je m'arrangerai pour tout surveiller de loin.

À présent, il était minuit moins dix. Ça ne devrait plus tarder. Où alors il ne se passerait rien. Mais Jo n'osait pas y croire. Comme l'avait écrit Marie-Ange, Dieu était avec eux. Bien sûr, celui qu'ils attendaient pouvait être déjà mort. Bien sûr, il pouvait y avoir un contretemps, un raté dramatique. Mais quelque chose d'indéfinissable lui disait que tout allait parfaitement se dérouler. Un sixième sens. Comme si la suite était écrite d'avance.

Elle l'était.

Il jeta un œil à la boîte à chaussures sur le siège passager. Presque vide. Il se sentait de plus en plus tendu. Il alluma sa cigarette au mégot de la précédente. Pour passer le temps, il attrapa la première lettre et se mit à la relire, sans oublier de jeter un œil, toutes les dix secondes, vers la route au cas où une voiture s'arrête.

Il était écrit ceci :

Ma petite fille.

L'arme et les munitions qui sont dans cette boîte appartenaient à ton père. J'ai toujours espéré qu'il s'en servirait pour tuer celui qui t'a souillée. Il ne l'a jamais fait. Il m'en a demandé pardon, sur son lit de mort. Quant à moi, j'en suis incapable. Dieu me l'interdit. Je ne tuerai point. Mais je ne pardonnerai pas. Tu es la seule qui peut tous nous venger. Dans ton monde où tout est permis, peut-être as-tu des amis qui peuvent t'y aider. Je ne sais pas si ce salaud est encore en vie. Si c'est le cas, je connais le seul moment et le seul endroit où tu peux le détruire. Chaque année, il se rend sur le lieu où son fils est mort à ses côtés, dans la voiture qu'il conduisait. Il y va toujours seul, sans protection. Toute ma vie de prières aura peut-être enfin servi à quelque chose. Dieu est avec nous : le prochain anniversaire est dans quelques jours, le 20 février. S'il respecte son rituel, il y sera aux alentours de minuit. Je pense que c'est Dieu aussi qui l'a poussé à me confier les détails de ce pèlerinage intime quand je te cachais chez lui. Pour que ça me serve un jour. La vie est injuste, mais Dieu ne l'est pas. Si, par bonheur, tu arrives à tes fins, préviens-moi juste après. La mort peut venir me chercher à tout moment, et je voudrais partir soulagée… Je t'ai dessiné sur l'autre papier le plan de l'endroit, en partant de sa villa de Vevey en Suisse, dont je t'ai écrit l'adresse précise. Je t'aime, ma petite fille. Puisses-tu à tout jamais exaucer mes prières et envoyer ce monstre en enfer. Je suis sûre que tu en auras la force si Dieu le veut.

À peine avait-il replié le papier qu'il murmura pour lui-même :

— En tout cas, Dieu est à l'heure.

Une Aston Martin venait de se garer sur le bas-côté à une vingtaine de mètres. D'où il était, il aperçut l'ombre d'un homme sortir et il entendit la portière claquer. C'était parti. D'après leur plan, ça ne devait pas durer plus de dix minutes, grand maximum. À condition que Tarik respecte le cérémonial qu'avait décrit Marie-Ange dans le texte sur l'autre feuille.

Au dos du plan, elle avait écrit :

À l'écart du dernier virage indiqué par la croix bleue, il y a un petit chemin qui mène à une clairière. D'après ce qu'il m'a dit, les autorités locales l'ont autorisé à y coucher un morceau du tronc d'un cèdre du Liban. Le symbole de son fils abattu par le destin. Il y a aussi, juste devant, une grande pierre plate où il devrait poser et faire brûler seize bougies. En souvenir de l'âge de son fils au moment de l'accident. Normalement, il doit se recueillir jusqu'à ce que les bougies s'éteignent… Qui que ce soit qui tire sur lui, videz le chargeur. J'aurais fait ça.

Jo suivit quelques instants la silhouette de l'homme éclairée par les warnings, puis elle disparut dans l'obscurité. Il sortit tout doucement de la voiture et, sur la pointe des pieds, alla se coucher à plat ventre derrière le buisson qu'il avait repéré l'après-midi. Pour l'instant, c'était l'obscurité totale. Et soudain, il y eut une petite flamme, puis une autre et une autre encore. À la sixième, la silhouette de Tarik se détacha de l'ombre.

Marie n'attendit pas qu'il allume toutes les bougies. À la huitième, l'œil de Tarik fut attiré par un reflet au-dessus du cèdre. Il comprit avant que la voix ordonne :

— Lève les mains !

Jo se crispa. Ça, ce n'était pas prévu. Marie aurait dû surgir derrière le tronc et vider son chargeur immédiatement. Tarik s'exécuta. Marie était debout face à lui. Seuls l'arbre mort et les bougies les séparaient. La lueur tremblotante les dessinait parfaitement. Chacun pouvait voir très nettement le visage de l'autre.

Tarik pencha la tête en arrière, leva les yeux au ciel et murmura juste :

— *Mektoub.*

Marie n'avait toujours pas tiré. Elle le fixait, immobile. Ses deux mains serraient le 9 mm de toutes ses forces. Ce face-à-face dura encore une trentaine de secondes. Et soudain, Tarik eut un petit sourire. Il avait vu les mains de Marie se mettre à trembler. Il dit d'une voix calme :

— Je ne sais pas qui tu es, mais je sais que tu ne tireras pas. Sinon, tu l'aurais fait depuis longtemps.

Il n'eut pas le temps d'amorcer le geste qui lui aurait fait saisir son pistolet à la ceinture. Il reçut un choc violent et s'écroula. Jo venait de lui assener un coup terrible avec une grosse branche de bois mort. Il tomba lourdement, face contre terre, après avoir heurté dans sa chute le rebord de la pierre plate. Jo retourna le corps du pied. Le visage était en sang, mais les yeux étaient ouverts. Apparemment, il était sonné, mais conscient.

Marie contourna le cèdre et vint se poser au-dessus de lui, jambes écartées de part et d'autre. Puis elle tomba lentement à genoux et cala le pistolet sur son front. Elle le fixa encore et rampa un peu pour amener son sexe à la hauteur de sa bouche. D'une voix effrayante, elle dit :

— Tu t'en souviens, ordure ?

Tarik avait les yeux fermés et secouait mollement la tête.

Marie tremblait de plus en plus. L'incroyable pression de ses mains sur la crosse la brûlait jusqu'en haut des bras. Et elle se mit d'un coup à hurler :

— Et le parfum... T'as pas oublié... L'eau de toilette de mon père, tu la sens, salopard !... L'eau de toilette de...

La détonation coupa sa phrase. Comme s'il avait enfin compris, Tarik avait écarquillé les yeux juste avant. À présent, ils étaient toujours grands ouverts. Mais morts. Tout le haut du crâne avait explosé. Le visage de Marie était maculé des éclaboussures de sang. Jo, collé à elle, laissa ses mains sur les siennes. C'est lui qui avait appuyé. Il avait enserré ses doigts et poussé son index sur la détente. Il y eut quelques secondes de silence, et des oiseaux de nuit poussèrent des cris au moment où la rafale vida le chargeur. Le visage de Tarik était en bouillie.

Moussaka.

Jo se redressa, attrapa Marie par le haut de son blouson et la tira presque de force, en lui ordonnant :

— Allez viens, faut pas traîner.

Ils coururent vers la voiture et Jo s'installa au volant. Au moment où il allait démarrer, Marie lui attrapa le bras et lui dit :

— Attends !

Elle ferma les yeux et poussa un long soupir. Elle se sentait étrangement frustrée. Ça avait été tellement vite. Trop. Même en comptant le temps de l'attente, couchée derrière l'arbre, qui sur le moment lui avait semblé interminable, elle avait la sensation d'un éclair. Elle serrait encore dans sa main le 9 mm en le haïssant presque.

Depuis toutes ces années, elle l'avait scénarisé tant de fois, ce face-à-face. Son violeur, elle l'avait enchaîné, dépecé, émasculé, démembré. Elle s'était imaginé le laissant mourir de faim, de froid, malgré ses demandes de pardon. Elle l'avait vu cent fois rampant à ses pieds, la suppliant de l'épargner pendant des heures. Des jours même. Et puis là, un flash. Tout juste un regard, le silence, le bruit de la détonation et les giclures de sang dans ses yeux. Il en est souvent ainsi de nos vengeances. Nos rêves les idéalisent et la réalité nous les vole.

— Il faut y aller maintenant, dit Jo autoritaire.

Et il démarra en trombe.

En traversant le village voisin après deux kilomètres parcourus à tombeau ouvert, Jo poussa un grand soupir de soulagement. Aucune lumière aux fenêtres. Il craignait que le bruit des détonations n'ait alerté quelqu'un. Il leva le pied. Il fallait rejoindre la frontière sans se faire remarquer. Il avait choisi, par précaution, de passer par des petites routes.

Jusqu'à Vallorbe où ils entrèrent en France, ils ne parlèrent pas. Ils n'échangèrent même pas un regard. Dès la frontière passée, Marie sortit son portable et composa le numéro du château. Elle n'attendit que le temps d'une sonnerie.

— Ça y est ! dit-elle simplement.

— Merci mon Dieu, répondit Marie-Ange.

Après un silence, elle demanda :

— C'est toi qui l'as fait ?

Elle répondit sans hésiter :

— Oui, maman.

Et elle raccrocha. Puis elle posa la tête sur l'épaule de Jo. Encore quelques minutes sans un mot, et elle se mit à pleurer en balbutiant :

— Je ne pouvais pas.

Jo passa tendrement la main dans ses cheveux et dit calmement :

— Je crois que tu t'es trompée.

Et sans lui laisser le temps de parler, il poursuivit :

— Ce n'est pas parce que tu as identifié tes pulsions que tu ne passes pas à l'acte. C'est parce que tu n'en es pas capable.

Elle resta un instant les yeux dans le vide, et demanda :

— Pourquoi ?

— À cause du curé et du carton.

Elle fronça les sourcils. Il lui fit un sourire et expliqua ce qu'il venait d'analyser pendant tout le trajet depuis qu'ils avaient quitté le lieu de l'assassinat :

— Ton éducation et la mienne. Tes principes et tout ce que moi on m'a pas appris. Oh, bien sûr, je suis pas un monstre. D'ailleurs, c'est la première fois que je tue vraiment. Mais moi, j'ai grandi avec la peur des autres et toi avec la peur de toi. La peur de ne pas être la petite fille bien élevée qu'on voulait que tu sois. À l'arrivée, qu'on le veuille ou non, ça change tout.

— Peut-être, murmura Marie.

— Sûrement. Y a plus de criminels chez les primaires que chez les gens bien. Et pas seulement par besoin. Par nature aussi. Finalement, c'est pas si con que ça, la morale !

— Pourtant, ce salaud m'a tellement fait souffrir.

— Pour les bonnes âmes, c'est pas une raison suffisante pour appuyer sur la détente. Sur le coup peut-être, sur un réflexe. Mais à tête reposée, c'est une autre histoire.

Il lui caressa encore les cheveux et lui dit en l'embrassant :

— Allez, n'y pense plus... Tu te sens mieux maintenant que c'est fait ?

Elle prit son temps et répondit :

— Même pas.

— Tu vois ! C'est ce que je te disais...

Et après un temps, en serrant les mâchoires, il ajouta :

— Moi, oui... Je me sens beaucoup mieux.

Ils roulèrent toute la nuit en se relayant et arrivèrent à Boulogne à sept heures du matin. En entrant dans son appartement, Marie eut encore la sensation que tout ça était allé trop vite. De n'être partie que depuis quelques heures. Elle alla se doucher et resta une demi-heure sous le ruissellement de l'eau froide. Et puis ils déjeunèrent sans faire aucune allusion à ce qu'ils venaient d'accomplir. Marie demanda :

— Tu ne vas pas repartir tout de suite ?

— Non. J'en ai envie, mais j'en serais pas capable. Je vais dormir et je rentrerai en fin de journée. J'ai quatre cents bornes à faire, je préfère être prudent...

Et il ajouta en souriant :

— ... J'ai charge d'âme, maintenant.

Elle sourit à son tour.

— Moi aussi, je vais dormir un peu. J'ai un rendez-vous important à Paris à quatorze heures. Je serai partie quand tu te réveilleras. Appelle-moi quand même quand tu arriveras. Pour me rassurer.

C'était donc ça avoir une vraie famille. Quelqu'un qui s'inquiète, même quand il est convaincu qu'il ne se passera rien de grave. Jo eut une grosse bouffée de tendresse. Il la prit dans ses bras et la serra du plus fort qu'il put. Et puis ils allèrent se coucher chacun dans leur chambre. Avant de rejoindre la sienne, Jo accompagna Marie jusqu'à sa porte. Il la rassura :

— Je sais pas pourquoi, mais je sens que le cauchemar est fini.

— J'espère, dit Marie.

Elle lui donna un baiser doux sur la bouche.

Le premier.

Le dernier aussi.

Ils ne se reverraient plus jamais.

Mais aucun des deux ne pouvait s'en douter.

Quand il se réveilla, vers dix-sept heures, il décida de traîner un peu dans l'appartement. Il voulait éviter les bouchons à la sortie de Paris. Il en profita pour écrire. Il y a des choses qu'on exprime tellement mieux sur du papier. Il prit le temps de choisir ses mots. Ça commençait par :

« Marie, petite sœur, je t'aime comme je n'avais jamais osé l'espérer... »

Une déclaration d'amour. Fraternelle. Absolue. Rosa aurait pu en être jalouse. Au contraire, ce serait un gage de confiance en Marie.

Mais ça, il ne pouvait pas s'en douter non plus.

Dès qu'il eut passé la porte d'Orléans, il se mit à rouler très vite. À force d'allers et retours pour Rungis, il connaissait par cœur les emplacements des radars. Et puis même ! Il était si pressé de retrouver Rosa. Il sentait confusément que le cauchemar était fini. Il était sûr que la mort de Tarik avait éteint les pulsions. Tout s'éclaircissait, enfin.

Qu'est-ce qui pouvait l'empêcher d'être heureux à présent ?

Un accident ?

À cinquante kilomètres de Limoges, il s'apprêtait à doubler une voiture quand soudain elle dévia légèrement sur la gauche. Il se dressa sur la pédale de frein et évita le choc de justesse. Après quelques appels de phares, il finit par dépasser, klaxon bloqué, le véhicule qui était revenu dans sa file. Et il reprit sa course en se disant :

— Quel connard !

Tiens, encore le hasard !

Colombine souriait. Il venait de se faire plaisir. Chaque fois qu'il voyait arriver un bolide dans son rétroviseur, il quittait insensiblement sa file. Le chauffard freinait à mort et en était quitte pour une belle frayeur.

— Ça va peut-être te calmer, abruti ! lançait-il chaque fois.

Mais pour lui seulement. L'impunité de la vitre fermée.

Il était comme ça, Colombine. Zorro de l'asphalte, justicier du bitume. Sa vie était parsemée de ces multiples rappels à l'ordre. Flic jusqu'à la moelle. Ah, s'il avait su que c'était Jo qui venait de le doubler ! Mais il n'avait même pas jeté un regard. Et puis même, qu'aurait-il aperçu ? Une ombre à laquelle il n'aurait pas prêté attention. Son esprit était tellement ailleurs. Du côté de Jo, même indifférence, ses yeux n'avaient pas quitté la route. Chacun son obsession. Pour Jo, Rosa, et pour Colombine, la punaise noire.

Car, cette fois, ça y était. Le gros lot ! Le jackpot ! Il la rapportait avec lui à Limoges, sa preuve irréfutable. Il allait pouvoir triompher. Et depuis qu'il avait quitté Paris, comme un comédien une veille de première, il répétait. Demain matin, quand il allait entrer dans le bureau du commissaire Gély, ce serait son sacre. Il avait passé tout le voyage à sélectionner les mots, les intonations, les attitudes. Il avait même déjà choisi le restaurant dans lequel il inviterait Froidefond à dîner. Son escapade à Paris l'avait comblé bien au-delà de ses espérances.

Il était arrivé en fin de matinée chez Christine, la veuve de Julius. Elle l'avait installé dans le salon sur le canapé et lui avait proposé un verre. Il avait refusé en disant :

— Après, peut-être, chère madame. Je préfère ne pas perdre de temps. Je vais vous remuer de bien tristes souvenirs, et je ne voudrais pas vous heurter plus que de raison.

Christine avait été immédiatement séduite par le langage châtié de l'inspecteur Crépeau. Il lui avait donné du « chère madame ». Ça la changeait de la froideur méthodique et du manque de compassion avec lesquels on l'avait interrogée après la découverte du corps de Julius dans le coffre de son taxi. Mais elle n'était pas surprise, l'inspecteur Legac avait parfaitement répété les mots que Colombine lui avait dictés au téléphone. Il était venu la voir un soir, et avait dit :

— Il est possible que celui qui a tué votre mari soit un tueur en série. Il y a déjà un inspecteur sur sa piste. C'est une pointure qui travaille hors de la hiérarchie traditionnelle. Il souhaite vous rencontrer. Recevez-le. Je pense que c'est le seul qui peut vous libérer d'une part de votre chagrin en identifiant le coupable. Faites-lui confiance. Dites-lui tout ce que vous savez, je suis certain qu'il découvrira le reste.

Et il avait ajouté avant de partir :

— Une enquête, c'est une partie d'échecs. Et c'est au roi d'éliminer le fou.

Quand Colombine avait soumis cette phrase à Legac, il avait tiqué :

— T'es sûr que tu veux que je lui dise ça ? Ça fait un peu théâtre.

— Oui, avait-il insisté d'un ton ferme. C'est essentiel par rapport à tout ce que je sais. C'est une mise en condition prépondérante.

C'était faux. Tout juste était-ce une pointe d'orgueil. Mais Colombine jouait le rôle de sa vie. Alors autant soigner les répliques.

Une fois Christine séduite, il avait avancé son premier pion :

— On m'a dit que le jour de sa mort, votre mari devait récupérer place de l'Opéra un certain…

Il avait fait semblant de chercher dans ses notes.

— … Jo Simon.

— C'est bien ça, avait-elle approuvé.

— Vous pouvez me raconter les circonstances exactes ?

Et Christine avait tout raconté. Absolument tout dans le moindre détail : l'invitation à Noël, la balade à Paris pour faire les achats, le rendez-vous manqué à minuit, le retour de Jo les bras chargés de cadeaux, l'attente et le moment fatal où l'inspecteur Legac avait sonné à la porte pour lui annoncer la mort de Julius.

Plus elle racontait, plus Colombine sentait qu'il y avait « quelque chose ». Le portable oublié par Jo l'avait interpellé. Et pourtant c'était réellement un oubli. Et puis aussi l'heure de la mort de Julius que le légiste avait située plutôt après minuit. Minuit, c'était l'heure du rendez-vous et Julius était toujours à l'heure. Et pourquoi ce crime si près de la maison ?

Il n'y avait toujours pas de preuve, rien de concluant. Mais Colombine sentait qu'il tournait autour, qu'il était tout près.

Au bout d'une heure d'entretien, Christine avait demandé :

— Il est midi, vous ne voulez pas manger un petit morceau ? Ça ne nous empêchera pas de parler.

— Mais je ne veux pas vous déranger.

— Mais non, avait souri Christine. Si vous trouvez la solution, et j'ai le pressentiment que vous allez la trouver, ça vaut bien un bon repas, non ?

Et ils étaient passés à table en faisant d'abord une pause dans l'interrogatoire. Christine avait parlé de l'amour de Julius pour ses filles, et de leur tristesse infinie depuis qu'il avait disparu. Et puis de celui qu'il avait pour elle. C'est à ce moment-là qu'elle avait montré, posé sur le meuble, juste en dessous de la photo de leur mariage, le dernier cadeau qu'il lui avait fait.

— Enfin, qu'il aurait dû me faire, avait-elle précisé. Les policiers l'ont retrouvé dans le coffre du taxi et me l'ont restitué.

C'était un très bel écrin. Il était entrouvert et on distinguait une bague scintillante. C'est la phrase d'après qui avait mis la puce à l'oreille de Colombine.

— Quelle folie ! En plus, il détestait que je porte des bijoux comme ça. Il disait que ça faisait... pardonnez-moi l'expression, poule de luxe. Ce n'était pas par radinerie, il le pensait vraiment. Il me disait que je n'avais pas besoin de ça pour briller.

— C'est très beau... Mais, à votre avis, pourquoi l'avait-il achetée ?

— Je ne sais pas… C'était Noël… Mais quand même ! Enfin, quoi qu'il en soit, je l'ai posée là. Oh, je ne la mettrai jamais, mais je n'allais pas la jeter, elle est si belle. Je la garde pour le souvenir. J'ai même conservé le papier qui l'enveloppait.

— Je pourrais le voir ? avait demandé instantanément Colombine.

Christine avait trouvé ça un peu incongru, mais, avec ce que lui avait dit l'inspecteur Legac, elle était prête à céder à toutes les demandes du grand inspecteur Crépeau, la « pointure ».

Après avoir observé le papier qui avait servi à envelopper l'écrin, Colombine avait demandé :

— Est-ce que je pourrais vous emprunter ce bijou pour quelques heures ? Je vous le rapporte après. Bien entendu, je vous signe un papier pour confirmer qu'il est en ma possession provisoire.

— Ce n'est pas la peine, j'ai confiance, monsieur l'inspecteur. Prenez-le.

— Non, non… Je préfère que tout soit fait en règle. Je serai de retour dans trois heures au plus tard. Et, va savoir, peut-être que j'aurai une bonne nouvelle.

Christine l'avait vu partir, avec une pointe d'admiration. Elle avait murmuré :

— Une pointure, c'est sûr !

Colombine n'avait toujours rien de précis, mais il sentait qu'il n'avait jamais été aussi près. Il avait mis trois quarts d'heure pour rejoindre la boutique Hoffar, boulevard des Italiens. C'est là que le bijou avait été acheté. L'adresse était sur le papier d'emballage.

Son raisonnement se tenait. C'était clair pour lui : Julius ne pouvait pas avoir acheté ce bijou. Alors, peut-être avait-il été oublié dans le coffre par un client. Dans ce cas, sa visite ne servirait à rien. Mais si c'était Jo qui avait acheté ce bijou, cela corroborait le scénario qu'il avait imaginé. Il ne perdait rien à tenter le coup. Au pire, une visite pour rien, au mieux, la découverte du Graal. Il aurait eu tort de s'en priver.

Selon lui, Jo avait tué Julius pour une raison X. Il avait oublié son portable exprès pour justifier qu'il ne pouvait pas le joindre. Il était bien monté dans son taxi à minuit. Il s'était mis à l'arrière et l'avait étranglé. Puis il l'avait jeté dans le coffre. Ensuite, il avait récupéré ses sacs de cadeaux et avait fini à pied. Puis il avait joué la comédie à Christine. Si on suppose que, paniqué, il avait oublié l'écrin dans le coffre, c'était la preuve irréfutable : comment ce bijou qu'il avait acheté l'après-midi pouvait-il se retrouver dans le coffre d'un taxi qu'il affirmait ne jamais avoir pris après ?

Bien sûr, Jo n'avait pas oublié son portable exprès, il n'avait pas étranglé Julius par-derrière, et il n'avait pas oublié le bijou. Il était tombé sans qu'il s'en aperçoive quand il avait pris les sacs. Mais tout le reste était la stricte vérité. C'est la preuve qu'il n'est pas forcément nécessaire de prendre le chemin indiqué. L'essentiel est d'arriver à la bonne destination. Surtout quand on est amateur compulsif des jeux de piste.

— Ah, oui, c'est bien lui, affirma la vendeuse de la bijouterie Hoffar. Je m'en souviens parfaitement. Il avait l'air drôlement amoureux. Il m'a même dit que c'était pour une Rosa. Je m'en souviens parce que ma fille s'appelle Rosanne, et qu'un moment j'ai imaginé que ça pouvait être pour elle. Ce qu'on peut être bête, parfois !

Et Colombine rangea lentement dans la poche de son veston la photo de Jo. Il avait envie d'exploser de joie. Il se retint. Mais pas longtemps. Après avoir téléphoné à Limoges, il entra dans un café, commanda et se précipita aux toilettes. À peine avait-il fermé le verrou qu'il hurla de joie. Et le patron du bar, en caricature parfaite du bistrotier franchouillard et trivial, ne put s'empêcher de lancer à ses copains d'apéro :

— C'est la première fois que j'entends quelqu'un aussi content d'aller aux chiottes !

Au milieu d'une histoire tant parsemée de cadavres et d'horreur, cette grossièreté passagère avait presque des allures de bluette. De petit rayon de soleil avant l'orage qui s'annonçait. Un orage virtuel bien entendu, une image, une métaphore. Parce que, au moment où Jo prit la sortie au nord de Limoges qui l'emmenait vers la zone industrielle, le ciel était parfaitement étoilé. Son cœur aussi. Il venait de joindre Rosa au téléphone pour lui dire qu'il arrivait.

— Appelle-moi dès que tu as fini de prendre ta douche, avait-elle dit. Je prends la mienne et je viens.

Elle avait la voix très grave et plutôt triste, mais il n'y attacha pas une grande importance. Il mit ça sur le compte de la fatigue. Il s'apprêtait à composer le numéro de Marie pour lui dire qu'il était presque arrivé quand sa main droite lâcha le portable. Il tomba sur le siège entre ses jambes. Il se gara sur le bas-côté.

« Ne pas se faire prendre… Il faut se venger… Se venger. »

Il était anéanti.

La tétanie, la voix, le voile.

L'intensité était la même, mais il lui semblait que sa tête allait exploser tant le sang lui battait aux tempes. De rage. De désespoir aussi. Il était prostré, les yeux dans le vide. Le téléphone sonna. Il le récupéra de la main gauche.

— Tu conduis ? demanda l'autre voix de Marie.

— Non, je me suis arrêté.

Il y eut un silence, et elle dit, effondrée :

— C'est terrible. Tu crois que ça s'arrêtera un jour ?

Jo jeta un regard au ciel étoilé qui s'était voilé. Pas de nuages, juste les larmes dans ses yeux. Il soupira d'une voix lasse :

— Il faudra bien.

Marie eut un sale pressentiment.

Colombine n'était plus qu'à dix kilomètres de Limoges.

À dix kilomètres du triomphe ?

Certainement pas.

CHAPITRE 13

Doudou

L'orgueil est un poison.

Seule la défaite est son antidote.

Encore faut-il qu'elle soit cinglante.

Hier, dès que Colombine était sorti de la bijouterie Hoffar, il avait téléphoné au commissaire Gély. Il était hors de question de lui annoncer sa victoire. Pas comme ça. Pas de si loin. Non, il lui fallait un vrai face-à-face. Intense. Préparé. Brillant. À la hauteur de son enquête exceptionnelle.

— Il faut absolument que je vous voie au plus tôt demain, avait-il dit avec autorité.

— Pas de problème, Crépeau, neuf heures, ça te va ?

— Parfaitement.

— Toujours ton Cluedo à propos du routier ? demanda-t-il, ironique.

— Je vous en dirai plus demain, monsieur le commissaire.

Colombine raccrocha, un sourire crispé aux lèvres. Un Cluedo ! Ah, il allait tomber de haut, le « commissaire Maigrelet » ! Ça, c'était le surnom qu'il lui avait donné pour son apparence frêle.

Chacun ses petites mesquineries.

Il était neuf heures et quart et « Maigrelet » n'était toujours pas là. Il pestait contre ce manque d'exactitude qui le choquait profondément. Le commissaire Gély était un habitué des retards. Un manque de politesse inacceptable pour Colombine, qui n'en était pas à un jugement péremptoire près.

Le commissaire entra dans son bureau à neuf heures vingt-cinq.

— Salut, Crépeau. Excuse le retard, mais j'étais sur un truc important.

Sans lui serrer la main, il se dirigea vers la machine à café et, en l'enclenchant, demanda :

— Alors ?

— J'ai la preuve irréfutable que Jo Simon est un tueur en série redoutable. Je crois qu'il faut envoyer au plus vite du monde chez lui pour l'arrêter. Je vous conseille fortement de ne pas lésiner sur les moyens. Ce type est très dangereux.

Il attendait la réaction du commissaire, le torse haut et le regard fier. Il se préparait à jouer la fausse humilité en réponse aux compliments et aux félicitations dont il allait forcément l'inonder. Lorsqu'ils sont auréolés de leur seule forfanterie, les hommes sont des paons. La réponse du commissaire Gély ramena l'inspecteur Crépeau à sa condition de simple poulet. Il se retourna, le regard noir, et dit d'un ton ironique :

— Tu me conseilles fortement, Crépeau ? J'ai bien entendu ? Tu me conseilles fortement ?

Et Colombine prit sa voix la plus autoritaire pour affirmer :

— Oui. Je vous conseille fortement...

Et il se lança :

— ... parce que depuis des mois, vous me prenez pour un pauvre illuminé, un flic d'opérette, un joueur de Cluedo. Mais pendant ce temps-là des innocents ont été massacrés par un dingue. Et si on m'avait écouté plus tôt, on n'en serait pas là. Il sera temps de déterminer plus tard les responsabilités de chacun. Mais pour l'instant, il est urgent de mettre la main sur ce malade avant qu'il recommence. Si toutefois ce n'est pas déjà fait.

Il avait tout lâché d'un trait. Presque sans respirer. C'était, au mot près, la tirade qu'il avait répétée pendant tout le voyage au retour de Paris. Le commissaire le fixa un instant, s'assit derrière son bureau et laissa tomber calmement :

— Ça, ça va pas être possible.

La phrase fit un déclic dans la tête de Colombine. Non seulement il allait triompher, mais peut-être que ça irait bien au-delà de tout ce qu'il avait pu imaginer. Ce n'était plus Colombo, mais Zorro, Robin des Bois et Batman réunis ! Il se dressa.

— Ah, je vois ! M. Lavoie est passé par là. Les masques tombent. Les combines, les petits arrangements entre puissants. Mais vous savez, monsieur l'intouchable...

Il laissa un temps et se pencha sur le bureau pour s'approcher au plus près. Et, de la voix la plus menaçante possible, il enchaîna :

— ... il y a des lois contre la corruption. Surtout quand il y a un nombre conséquent de morts sur le carreau. C'est pas à vous que je vais apprendre ce que coûte la complicité d'assassinat.

Le commissaire lâcha, sans aucune émotion :

— Je te répète, Crépeau, que ça ne va pas être possible.

Et il poursuivit, sans laisser à Colombine le temps de s'indigner à nouveau :

— Et ce n'est pas possible pour une raison que tu comprendras aisément, pauvre con : Jo Simon s'est suicidé cette nuit. On a retrouvé son corps dans son appartement.

Silence de plomb.

Zorro, Robin des Bois, Batman. Il ne manquait plus que David Copperfield. Si Colombine avait pu disparaître sur un coup de baguette magique, il l'aurait fait.

On frappa à la porte.

— Oui ! fit le commissaire sans détourner les yeux du visage défait de Crépeau.

Froidefond passa la tête.

— Je viens d'avoir Gérard Lavoie. Il veut savoir si vous venez à l'enterrement après-demain.

— Bien évidemment, répondit-il.

Elle sortit sans un regard pour Colombine.

Le commissaire but lentement son café, reposa sa tasse et se leva. Puis il fit le tour de son bureau, attrapa une chaise, la posa au plus près et s'assit à califourchon. Il le fixa un long moment et dit à voix basse :

— À titre personnel, tes insultes ne me touchent pas. Tu es bien trop minable pour que ça m'atteigne. À titre professionnel, fais des prières, Crépeau. Parce que même si ta preuve irréfutable est exacte, ce n'est pas aux flics de faire la justice. Pour ça aussi, il y a des lois. Tu vois, si j'étais en retard, c'est parce que je suis allé m'entretenir avec Édouard Lavoie. Il soupçonne fortement ton acharnement contre Jo Simon d'être responsable de son suicide. Et même si ce n'est pas vrai, je te promets qu'à nous deux, on trouvera tous les témoins qu'il faut pour t'enfoncer.

« Colombine », totalement déconnecté, enfoui dans sa culpabilité, n'entendit même pas la sentence du commissaire.

— Il y a des cons partout, mais comme disait Audiard, toi, t'es une synthèse. Si ce mec était coupable, en le poussant au suicide, tu as privé les familles des victimes et les juges des explications. Et la justice déteste qu'on lui sabote le boulot.

Il se leva, lui tapa sur l'épaule, et lança en quittant son bureau :

— Bien joué, Colombine !… Bien joué !

Ce fut un enterrement ordinaire. Sans effusions solennelles ni discours grandiloquent. Personne n'avait été mis au courant des conclusions de l'inspecteur Crépeau. Si cela avait été le cas, il y aurait sans doute eu moins de monde. Mais l'affaire était close. Jo était mort et personne n'avait intérêt à ce que l'affaire s'ébruite.

Il y avait eu une réunion entre Édouard, le commissaire Gély et Colombine. Édouard voulait préserver la réputation de son entreprise, le commissaire Gély le couvrait, et Colombine savait ce qui l'attendait en cas de scandale. Il avait rangé son « sacre » et sa conquête de Froidefond au rayon des objets perdus. La perspective d'une éventuelle révocation de la police l'avait définitivement fait rentrer dans le rang. Avec des excuses et des promesses de subordination sans condition au « commissaire tout-puissant ».

N'est pas rebelle qui veut !

D'ailleurs, lui et Gély étaient côte à côte à l'enterrement. Tous les employés de l'entreprise Lavoie étaient présents. Avec chacun en tête leur explication du geste fatal. Pour les syndicalistes, le surmenage. Pour la femme du patron, une neurasthénie dépressive. Elle-même avait fait trois tentatives de suicide. Des tentatives seulement. Il faut bien attirer l'attention d'une manière ou d'une autre. Pour Jeanette, la cause était sans aucun doute un chagrin d'amour. Elle s'était d'ailleurs tenue le plus loin possible de Rosa pendant toute la cérémonie.

Marie, appuyée à l'écart contre un arbre, était la seule à avoir la réponse que tous se posaient. Elle l'avait pressenti dans la dernière phrase de Jo au téléphone. Et puis la pulsion ne s'était pas terminée comme d'habitude. Elle avait eu d'un coup un énorme haut-le-cœur. Et puis comme une décharge d'électricité qui avait parcouru tout ses membres. Un évanouissement, un trou noir, et, quand elle avait ouvert les yeux, elle était allongée par terre. Elle avait aussitôt sauté sur son portable pour appeler Jo. Au déclenchement de la messagerie, elle avait compris.

S'il n'avait pas répondu, c'était qu'il ne répondrait plus jamais.

Un vol d'oiseaux blancs vint frôler le cercueil, juste au moment où on allait le mettre en terre. Édouard s'approcha, sortit un papier de sa poche et entama un discours sobre et bref. Dès qu'il prit la parole, Marie vit une petite femme blonde, tout habillée de noir, se diriger vers la sortie. Malgré son apparente jeunesse, elle marchait comme une vieille, voûtée par le chagrin. C'est à la hauteur du dernier banc de l'allée centrale qu'elle la rattrapa.

— Tu es Rosa ?

— Pardon, fit la jeune fille en levant son visage strié de larmes et de Rimmel.

— Tu es Rosa, la mère de son enfant.

Rosa fronça les sourcils.

— Vous êtes qui ?

— Sa sœur.

Le visage de Rosa se ferma un peu plus, et elle dit :

— Il ne m'a jamais dit qu'il avait une sœur.

— Il ne l'a appris qu'il y a peu de temps. On s'est retrouvés depuis deux mois seulement... Allons nous mettre à l'écart, il faut absolument que je te parle.

Rosa la regarda dans les yeux et lui lança :

— Foutez-moi la paix.

Et elle tourna les talons. Marie la rattrapa par le bras et lui tendit une feuille de papier pliée en deux.

Pendant ce temps, le cimetière se vidait peu à peu. Bientôt ne restèrent devant la tombe que deux chauffeurs et Jeanette. Elle jeta un regard au loin, et aperçut Rosa assise avec une autre femme sur un banc à proximité d'un très imposant caveau blanc. Elle murmura pour elle-même :

— J'aimerais pas être à ta place, ma petite. Ça va être lourd à porter.

Après l'avoir lu, Rosa replia le papier et regarda Marie intensément. Puis elle se blottit quelques secondes contre son épaule. Marie lui caressa les cheveux en pensant que c'était certainement la première fois de sa vie qu'elle serrait contre elle une fille aussi jolie, sans autre envie que de la consoler. Elle lui avait fait lire le petit mot, un peu maladroit mais tellement sincère, que lui avait écrit Jo avant de quitter son appartement :

Marie, petite sœur, je t'aime comme je n'avais jamais osé l'espérer. Depuis que tu es entrée dans ma vie, tu as comblé toutes les places vides. Une sœur, une mère, un père, tu es tout à la fois. Il était temps. J'espère que pour toi aussi, ce frère qui t'est tombé du ciel a pu combler toutes tes solitudes. Après ma Rosa et mon bébé qui va venir, tu es ce que j'ai de plus cher. Tu seras la marraine bien sûr. J'espère de toutes mes forces que le cauchemar va s'arrêter enfin pour te présenter à l'amour de ma vie. Je t'embrasse. Je t'appelle en arrivant.

Rosa se redressa, sortit un mouchoir et essuya ses yeux. Marie le lui prit des mains et effaça les traces du maquillage qui avait coulé. Pendant qu'elle le faisait, Rosa demanda :

— Vous vous êtes retrouvés comment ?

— Oh, c'est une longue histoire. Trop longue. Je te la raconterai plus tard. En fait, on a été abandonnés ensemble. On est de faux jumeaux… enfin presque. En fouillant à la DDASS et après un peu partout, j'ai fini par retrouver sa trace. Vingt ans que j'attendais ça ! Je l'ai attendu à Rungis, un jour où il livrait, et voilà.

Pendant le voyage qui la menait à l'enterrement, Marie avait eu le temps de tout scénariser pour en dire suffisamment sans en dire trop.

— Je suis venue d'abord pour te connaître mieux, dit-elle. Même si j'en sais déjà beaucoup.

— Vous vous êtes rencontrés souvent ?

— Chaque fois qu'il te disait qu'il montait à Levallois chez la veuve de son ami Julius. Il t'a menti par précaution. Il ne voulait pas te mettre dans la confidence parce que c'était d'abord son histoire. Il tenait tellement à toi qu'il voulait être sûr de moi avant de t'en parler.

Ça aussi, elle l'avait scénarisé, bien sûr. Comme la réponse à la question qui suivit.

— C'est quoi, ce cauchemar, dans la lettre ? Il dit qu'il tarde que ce soit fini. Il avait fait des bêtises.

— Non, mentit-elle. C'était par rapport à Christine, la veuve de Julius. Il se sentait responsable. Il pensait que s'il n'avait pas demandé à son ami de venir le chercher à minuit, ça ne serait peut-être pas arrivé. Contre la culpabilité, même si elle n'est pas justifiée, on ne peut pas faire grand-chose.

— Je sais, dit Rosa, la voix brisée. Moi, la mienne, je la porterai toute ma vie.

Marie fronça les sourcils.

— Si ce n'est pas indiscret, à propos de quoi ?

Rosa détourna la tête et murmura si bas que Marie dut lui demander de répéter. Elle se retourna lentement et dit :

— C'est à cause de moi qu'il s'est suicidé, et je ne sais pas si j'aurai le courage de me le pardonner.

Et Rosa commença un long récit que Marie n'interrompit à aucun moment.

Quand elle avait raccroché avec Jo, le soir de sa mort, Rosa tremblait comme une feuille. Et puis elle avait attendu en redoutant la sonnerie du portable posé sur ses genoux. Au bout d'une heure, elle s'était dit qu'il n'appellerait plus. Que tout était fini. Et puis une heure encore plus tard, elle se décida à aller chez lui. Tant pis, elle affronterait son regard, son mépris, ses insultes, et même ses coups s'il le fallait.

Quand elle arriva, la porte d'entrée était entrouverte. Elle était allée vers la chambre et s'était arrêtée net, horrifiée. Jo gisait, un pistolet dans la main. Il s'était tiré une balle dans le cœur. Sur le lit, il y avait l'enveloppe ouverte sur laquelle on pouvait lire entre les éclaboussures de sang : « Ta Rosa qui t'aime plus que tout ». Son autre main était crispée sur la lettre.

Rosa avait déposé cette lettre dans l'après-midi sur la poignée de la porte. Il ne pouvait pas la manquer. Elle pensait qu'après l'avoir lue, il l'appellerait aussitôt pour avoir une explication. Ça, elle s'y était préparée depuis longtemps. C'était le passage obligatoire. Les justifications inéluctables. Les retombées de la déflagration. Mais l'essentiel, elle en avait trop honte pour le lui dire en face. C'est pour cela qu'elle avait préféré d'abord se confesser par écrit dans cette lettre qu'elle avait signée Fabienne.

Parce que, pour démarrer une autre vie, autant redevenir ce qu'on est vraiment.

Toute l'histoire avait commencé il y a un an dans un bar à hôtesses, le « King », dans une petite rue près de la place Banche à Paris. Édouard était en goguette à l'occasion du Salon de l'agriculture porte de Versailles. La saison pleine pour les prostituées de tout genre. Des semi-débutantes aux professionnelles aguerries. Il avait passé toute sa fin de nuit avec Fabienne, enfin Rosa pour les clients. Au bout des consommations obligatoires, il avait enfin pu l'emmener dans son hôtel. Il avait été prévenant, étonnamment respectueux. Dans ce monde-là, les rustres sont bien plus nombreux que les délicats. Elle en avait été très touchée. L'accouplement avait été professionnel avant tout, mais elle y avait ajouté une tendresse rare qui l'avait subjugué. Il l'avait trouvée exceptionnelle. Alors, ils avaient parlé. Elle lui avait avoué :

— Je ne compte pas faire ça longtemps. En fait, j'en ai besoin pour payer mes études de comptabilité. Je viens d'Alsace. Ma mère vit seule, et elle a pas trop les moyens. Alors je me débrouille, comme beaucoup d'étudiantes comme moi à Paris.

En quelques secondes à peine, Édouard avait vu là le moyen d'allier ses besoins de caresses nouvelles à son paternalisme de nature.

— Et si je t'embauchais chez moi ?

— C'est-à-dire ?

— Je te prends dans ma boîte, comme aide-comptable. Tu apprends sur le tas. Crois-moi, c'est là qu'on progresse le mieux. Je te loge pas loin dans une belle maison. Et je viens te voir quand je veux. En te donnant un supplément, bien sûr.

— Et c'est où ?

— À Limoges... Mais, bien entendu, à une condition : le secret absolu.

— Oh, tu sais, c'est pas la peine de rêver. Les secrets ne le restent jamais bien longtemps.

Édouard, coupé dans son élan, avait marmonné :

— Oui, oui, je sais.

Il s'était levé du lit. Puis il s'était servi une coupe de champagne et était allé s'asseoir dans un fauteuil. Après un moment de relâchement, il avait réveillé ses neurones. Cette intelligence instinctive qui lui donnait toujours la solution au moindre grain de sable dans ses affaires.

— Au pire, si on se fait prendre, on pourra dire que tu es ma fille cachée. On inventera une histoire avec ta mère en Alsace. J'y allais souvent quand j'étais simple routier. Ça peut être crédible.

Rosa avait contemplé un long moment cet homme nu, un peu avachi, mais encore bien conservé. Elle avait pensé pêle-mêle à sa mère, à son avenir, et surtout à ce Paris où elle ne se plaisait pas. La question qu'elle avait posée avait fait éclater de rire Édouard :

— Je pourrais avoir un chien et un cheval ?

Au bout de son éclat de rire, il s'était levé, était venu lui caresser délicatement les fesses, et lui avait chuchoté à l'oreille :

— Bien sûr, ma princesse. Tant que tu ne me demandes pas d'avoir un autre amant que moi, tout ce que tu veux.

Il l'avait embrassée dans le cou et avait ajouté :

— Ça fait partie du deal. Exclusivité totale. Alors ? Tu veux réfléchir ?

Elle avait répondu instantanément :

— Non. Je commence quand ?

Bien sûr, dans sa lettre à Jo, Rosa n'avait pas donné tous ces détails. Mais elle en avait dit suffisamment pour qu'il comprenne tout de la situation. Justification et mensonges compris. Et elle avait terminé ses aveux par une longue déclaration d'amour.

L'amour ! Ça, ça n'était pas dans le deal. Ça lui était tombé dessus dès leur première rencontre. Elle était vraiment folle de Jo. Comme jamais. Totalement. Irrémédiablement, hélas. Et l'enfant qu'elle portait, elle le désirait plus que tout. Elle voulait surtout tirer un trait sur cette vie qu'elle avait choisie par confort et qui aujourd'hui lui était insupportable.

Le jour où Jo était parti rejoindre Marie pour l'expédition punitive en Suisse, elle avait décidé de tout avouer à Édouard. Au début, il avait crié très fort.

— Un deal, c'est un deal ! Et même si t'es une pute, ça se respecte. À plus forte raison même. J'ai été malhonnête avec toi, moi ? Dis, j'ai été malhonnête ?

— Non, mon Doudou.

Il avait hurlé :

— Ah, je t'en prie. Arrête les « Doudou », t'es plus obligée. Espèce de salope ! Je t'ai payée, je t'ai foutue dans une baraque superbe, je t'ai offert ton putain de chien et ton putain de cheval. Et c'est toi qui me baises ? Tu me diras, c'est chacun son tour… Alors, OK, j'ai joué, j'ai perdu. Tu vas dégager d'ici le plus vite possible et que j'entende plus parler de toi. Quant à l'autre connard, il va dégager aussi !

Il avait cassé quelques objets et s'était écroulé dans le fauteuil. Un peu calmé et complètement désarçonné. D'accord, sa colère était justifiée, mais il la regrettait. Il s'était attaché à Rosa. Bien sûr, son orgueil était blessé, mais il savait bien que c'était l'ordre des choses. Il y a un âge où ça devient ridicule de jouer à la poupée. Marionnettiste d'accord, mais pas prince charmant. Le copain de Barbie, c'est Ken, pas Geppetto !

Rosa s'était avancée près de lui. Elle s'était assise par terre et avait posé la tête sur ses genoux. Et puis elle avait parlé. Doucement. Tendrement.

— J'ai été très heureuse avec toi, Doudou. Même si c'était un deal, comme tu dis, à aucun moment je ne me suis forcée. Mais voilà, je suis tombée amoureuse. Et contre ça on peut rien. Tu peux m'en vouloir, mais lui n'y est pour rien. Je comprends que tu ne veuilles plus le voir. Je sais que tu trouveras une bonne excuse pour le faire partir. C'est ton droit. Je ne te demande qu'une chose : laisse-moi tout lui expliquer en premier. C'est à moi de lui dire la vérité.

Édouard était resté un instant silencieux, puis sa main avait caressé ses cheveux. Et puis il l'avait dirigée lentement vers son sexe. Avant de le prendre dans sa bouche, elle avait levé les yeux vers lui et dit en souriant :

— Ça, c'est cadeau.

Rosa ne raconta bien sûr pas cette dernière offrande à Marie. Elle termina son récit par ces mots :

— Je ne pensais pas qu'il en arriverait là.

Marie s'était levée. Rosa s'apprêtait à en faire autant. Elle la retint.

— Non, on ne part pas. Laisse-moi fumer une cigarette, j'ai encore quelque chose à te dire.

Marie s'éloigna de quelques pas. La nuit commençait à tomber. Elle pensa à la scène finale de Cyrano de Bergerac. Cette confession commencée à la tombée du jour et terminée dans l'obscurité. Cyrano récitait à Roxane la lettre d'amour de Christian qu'il connaissait par cœur. Et pour cause, il en était l'auteur.

Cette réminiscence n'était pas due qu'à l'ombre qui à présent recouvrait le cimetière. Dès le début de la confession, une voix s'était immiscée dans la demi-conscience de Marie. Pendant que l'autre moitié écoutait Rosa attentivement, Jo chuchotait. Ce n'était pas une illusion. Marie entendait clairement chaque mot. Elle regarda un peu plus loin la masse sombre de sa tombe et fit un sourire attendri. Ainsi, la mort n'avait pas vaincu les ondes de cette gémellité irréaliste. La voix de Jo, qu'elle seule pouvait entendre, était présente, parfaitement distincte. Elle s'était éloignée de Rosa pour saisir exactement ce qu'il lui soufflait : un mensonge de sauvegarde. Une précaution de secours pour débarrasser celle qu'il aimait plus que tout de l'enfer de la culpabilité.

Après avoir jeté sa cigarette, elle revint près de Rosa, s'assit à ses côtés et, en lui prenant la main, lui dit :

— Je t'ai menti tout à l'heure. Le cauchemar de Jo, ce n'était pas la culpabilité au sujet de Julius. La vérité, c'est qu'il était atteint d'une maladie incurable. Il profitait de ses voyages à Paris pour voir des spécialistes. Après qu'il m'a laissé ce mot, il devait passer voir celui qui le suivait.

À cet instant-là, même dans le noir, Marie avait vu le visage de Rosa se figer.

— Il m'a appelée dès qu'il est rentré chez lui. Il était calme. Serein. Il m'a dit que le dernier diagnostic avait été terrible. Définitif et sans appel. Il lui restait trois mois. Alors, pendant le voyage, il avait eu le temps de prendre sa décision. Et elle était irrévocable : il devait mourir. Il m'a dit qu'il avait tout fait pour cacher ses douleurs, mais elles étaient intenables. Il ne voulait ni souffrir plus ni t'imposer son calvaire. J'ai essayé de le raisonner, mais j'ai bien compris que je n'y changerais rien.

Rosa l'interrompit :

— C'est vrai que depuis quelque temps, je le voyais soucieux. Je sentais que quelque chose le dérangeait.

— C'était la maladie, mentit Marie.

— C'est encore plus horrible, dit Rosa. C'est ma lettre qui l'a détruit définitivement.

Elle se leva d'un bond et voulut partir. Marie la rattrapa par le bras.

— Non, Rosa, non. Laisse-moi finir, s'il te plaît.

Rosa se débattit en criant :

— Non, lâche-moi... Je suis un monstre... Lâche-moi.

— S'il te plaît, cria Marie à son tour, en la retenant vigoureusement.

Elle l'attrapa par les épaules, la força à la regarder dans les yeux et dit :

— Écoute-moi... Il n'a pas lu ta lettre... Tu entends, Rosa, il n'a pas lu ta lettre.

Rosa arrêta de se débattre.

— Il me l'a dit au téléphone juste avant de se tuer. Quand il l'a découverte sur la poignée de la porte, il l'a sortie de l'enveloppe. Il croyait que c'était une lettre d'amour. Et puis, il s'est dit que s'il la lisait, il reculerait encore sa décision. Alors, il l'a froissée, et il l'a gardée dans sa main. Pour que tu l'accompagnes un peu sans doute. Le soir du 31 décembre déjà, sans que tu le saches, il avait déjà décidé de mettre fin à ses jours. Ce n'est que parce que tu l'as autorisé à jouir en toi qu'il avait renoncé. Là, il était vraiment à bout. Il souffrait trop.

Un long silence. Et Rosa tomba à nouveau sur l'épaule de Marie. Elle ne pleurait même plus. Elle n'en avait plus la force. Marie murmura :

— Ce n'est pas ta faute, il n'a jamais rien su.

« Ce n'est pas ta faute, il n'a jamais rien su », avait soufflé la voix de Jo mot pour mot.

Et mot pour mot encore, Cyrano d'outre-tombe, il fit dire à Marie :

« Je t'aime, Rosa. Tu n'es pour rien dans cette mort. À partir d'aujourd'hui, je serai toujours là. On ne se quittera plus. »

Bien sûr que Jo n'avait jamais été malade. Bien sûr qu'il avait lu la lettre. Deux fois même, avant d'aller dans sa voiture chercher le 9 mm qui avait servi à l'assassinat de Tarik. Et s'était tiré une balle dans le cœur. Parce que la vérité sur Rosa en plus des pulsions inarrêtables, c'était bien trop lourd.

Inéluctable.

Inéluctable. Définition du Larousse : Inévitable. Fatal.

Alors, de l'au-delà, toujours présent dans la conscience de Marie par l'intermédiaire de cette gémellité, cette fois providentielle, il avait tout scénarisé pour annihiler la culpabilité de Rosa. Sa Rosa. Pour qu'elle dorme tranquille. Pour une fois que son ingéniosité ne lui avait pas servi à tuer. À faire survivre seulement...

À faire survivre.

Deux jours plus tard, Fabienne s'installait chez Marie à Boulogne. Rosa n'existait plus. Le 8 septembre suivant, elle donna naissance à un garçon qu'elle prénomma Joseph. Il fut surnommé immédiatement « petit Jo ». Elle officialisèrent sa naissance à la mairie de Vully-en-Auxois. Marie-Ange était morte en avril et Marie avait hérité de tout. Elle avait décidé de s'occuper à plein temps du vignoble. Fabienne fut chargée de gérer la comptabilité. Marie prolongea sa passion première en créant une réserve d'animaux dans le parc du château de Moricourt.

Elles espéraient de tout leur cœur la toute nouvelle loi sur le mariage pour tous. Il leur tardait de pouvoir s'épouser. Un mariage pratique bien sûr. Afin que le petit Jo puisse, plus tard, à son tour hériter des terres et du château. Au début, il n'y avait que de la tendresse entre elles. Rien d'autre. Et puis, une nuit de sensualité exacerbée, elles s'endormirent ensemble après avoir fait l'amour.

Collées.

Scellées.

Indissociables.

L'histoire de Marie et de Jo était terminée.

C'était maintenant l'histoire de Marie, Fabienne et « petit Jo ».

Pendant tout ce temps, Marie n'eut aucune pulsion. Il s'en produisit finalement une dans la nuit du 9 juin. La dernière. Elle dura très peu de temps, et cessa dans les mêmes conditions que pour la dernière de Jo. Une décharge électrique, un évanouissement et un trou noir. Quand elle revint à elle, il y eut une phrase de Jo dans sa demi-conscience. Elle n'avait plus jamais entendu sa voix depuis la confession du cimetière.

— C'est fini, maintenant, Marie. C'est fini, chuchota-t-il.

On était le 9 juin 2013. Il était minuit trente.

Rosa, à genoux auprès d'elle, demanda :

— Ça va ?

Elle fit un grand sourire, l'enlaça et dit :

— Ça peut pas mieux aller. Y a rien au-dessus.

Le nirvana… Le vrai… Enfin !

CHAPITRE 14

Solange

Des prénoms.

Jean-Baptiste. Thierry. Thibault. Hyacinthe. Hélène. Inès. Ghislain. Élodie. Dimitri. Carine. Edmond. Lucie. Armand. Apolline.

Le vieil homme ne respirait plus. Solange ajouta donc Diane à la liste. Puis elle referma son carnet et resta prostrée quelques instants sur le bord du lit. Et soudain, elle courut vers la fenêtre, l'ouvrit, l'enjamba et se jeta dans le vide. Elle s'écrasa huit mètres plus bas sur le parking de l'hôpital.

On était le 9 juin 2013. Il était minuit trente.

C'était fini. Elle n'euthanasierait plus personne. Plus de vengeance aveugle. Le jour où Richard l'avait quittée, quelques mois auparavant, elle avait cru devenir folle. Et elle l'était devenue, mais personne ne s'en était aperçu. Jusque-là, elle avait été une aide-soignante modèle. Il fallait bien. Elle avait tellement vécu de choses éprouvantes. Brinquebalée de ville en ville et d'homme en homme, elle avait pu enfin se poser.

— Moi, je ne te quitterai jamais, avait promis Richard.

Et puis la « salope » le lui avait volé. C'était une femme tout ce qu'il y avait de bien, mais comment pouvait-elle l'appeler autrement ? Elle lui avait pris le dernier espoir de finir sa vie à peu près tranquille. Là, à soixante-trois ans, voûtée par les travaux de peine, petite, décharnée, ridée par les excès en tout genre, qui voudrait d'elle ?

Alors la haine bien sûr. La folie. Douce au départ. Et assassine après. Elle n'avait euthanasié que des hommes. Pour elle, ce n'étaient pas des crimes. Enfin, pas tout à fait. Elle débarrassait juste le monde d'un salaud de plus. Et qu'importe si c'était un brave homme. Il payait pour les autres.

Folle.

Mais tellement avenante. Gentille. Dévouée. Tous les patients l'adoraient. Mais chaque fois qu'un malade avait pour elle le moindre regard équivoque, elle se disait :

— Toi, tu vas bientôt finir dans mon carnet.

Une injection dans le cathéter et hop !

— Bon voyage en enfer, salopard ! murmurait-elle chaque fois.

Aucun soupçon.

Aucune question.

La mort était si courante dans le service d'oncologie de cet hôpital. Dans son carnet, elle notait méticuleusement la date de chaque meurtre. Avec une ingéniosité particulière. Elle inscrivait des prénoms. Ce n'était bien sûr pas les prénoms de ses victimes, puisqu'elle ne tuait que des hommes, et qu'il y avait, dans sa liste, six prénoms de femmes.

En fait, c'étaient les saints du jour.

Son éphéméride mortuaire.

Pour le dernier, elle avait inscrit Diane puisqu'on était le 9 juin. Elle avait commencé sa liste le 24 juin 2012 : Jean-Baptiste. Et puis une semaine plus tard, le 1er juillet : Thierry. Le 8 juillet : Thibault. Le 17 août : Hyacinthe. Elle opérait toujours la nuit. Elle avait quand même fait une entorse à son principe de précaution l'après-midi du 18 août : Hélène. Le mourant ne l'était pas tant que ça puisqu'il s'était permis d'égarer la main sous sa blouse. Elle lui avait réglé son compte en dix minutes.

Treize meurtres en 2012.

Deux seulement en 2013...

Comme Jo.

Aux mêmes dates et aux mêmes heures.

Comme Marie.

Au moment de ses cauchemars avec les vieux mourants.

Elle supprimait ses « braves malades » à espace irrégulier. Au gré de son humeur et de l'alcool qu'elle buvait en cachette. Ces derniers temps, son moral flanchait de plus en plus souvent. Alors, elle avait levé le pied. Plus précisément la main. La haine avait cédé la place à la dépression. Elle buvait. Beaucoup. Et quand elle rentrait dans son appartement minuscule du centre-ville, abominablement seule, elle se « finissait » parfois à l'alcool à quatre-vingt-dix. Bien sûr, le chef de service s'était aperçu de la dérive. Il l'avait convoquée justement le matin du 9 juin.

— Ça ne va plus, Solange. Vous avez toujours été une aide-soignante méritante, mais je pense qu'il va falloir cesser notre collaboration.

C'est « méritante » qui l'avait braquée. « Méritante » ? Est-ce qu'elle l'avait méritée, cette vie de malheurs sans issue ? Au nom de quoi ? Qui l'avait décidé ? Dieu ? Ça faisait bien longtemps qu'elle n'y croyait plus. Et ce soir-là, elle ne croyait plus en rien. Et surtout pas en elle. Alors elle s'était fait un dernier cadeau. Une dernière vengeance. Une dernière petite piqûre dans le cathéter. Et soûlée de peine, de souffrance et d'alcool, elle avait enjambé la fenêtre en disant :

— Ma vie est vide ? Eh ben, je saute dedans !

Quand on avait retrouvé son carnet, personne n'avait pu déchiffrer sa liste. Tout juste avait-on compris ce qu'elle avait écrit en rouge sur la couverture : « Les jeux sont faits, rien ne va plus ! » C'était une plaisanterie morbide liée au fait que cet hôpital des Cévennes était un ancien casino.

Mais oui, bien sûr !

L'hôpital où avait séjourné Jo après son accident. Dans le bâtiment des urgences, juste en face du service d'oncologie. C'est Solange qu'il avait vue tirer les rideaux juste avant la pulsion qui lui avait fait tuer son voisin de chambre. Elle, de son côté, avait euthanasié « Lucie ». On était le 13 décembre. Encore un meurtre au même moment. Le voisinage des lieux était un hasard.

Le hasard.

Juste le hasard.

Absolument.

Et uniquement le hasard.

Rien d'autre.

Mais un hasard bien singulier.

Même si elle était restée longtemps à la fenêtre et même s'ils s'étaient regardés les yeux dans les yeux, elle n'aurait pas pu reconnaître Jo. La dernière fois qu'elle l'avait vu, il n'avait pas de prénom.

Et il était si petit.

INÉLUCTABLE

Il avait deux jours à peine quand elle l'avait abandonné avec sa sœur jumelle sur les marches de l'église de Vully-en-Auxois.

Inéluctable ?

Composé par Nord Compo Multimédia
7, rue de Fives, 59650 Villeneuve d'Ascq

Impression réalisée par
CPI BRODARD ET TAUPIN
à La Flèche en octobre 2013

N° d'édition : 2513/01 - N° d'impression : 3002731
Dépôt légal : novembre 2013
Imprimé en France